1

2

nick living

GHOST FACTOR

DAS BÖSE

4

Design & Layout: Nick Living

Impressum

Herstellung und Verlag:
BoD - Books on Demand, Norderstedt
ISBN 978 3 7369 26599
Für den Inhalt des Buches
zeichnet der Autor verantwortlich
© 2015

Sieh, nun hat er dich geholt
Der Allmächtige ist hier
Doch du bleibst nicht lange dort
Kommst zurück zu diesem Ort
Weil es Gott für dich gewollt

Schwarzer Tod

Es war um 1356 in der Nähe von Frankfurt am Main. Die Pest wütete fürchterlich und eine schreckliche Rattenplage hatte das kleine Dorf, welches mitten im Wald lag und welches eigentlich gar keiner kannte, gerade erst heimgesucht. Claudius lebte mit seiner kleinen Familie, seiner Frau Mathilda und seinem Sohn Karl in einer kleinen windschiefen Hütte zwischen den Bäumen. Es war ein wirklich hartes Leben und die Angst, der Schwarze Tod könnte sich nach der Rattenplage auch hier breitmachen, schwebte wie ein unheilvolles Omen über der Siedlung. Als dann auch noch die Kunde von unzähligen Toten in den umliegenden Siedlungen durch das Dorf waberte, schien die Angst komplett. Es war die alte Agatha, die seit Jahren als Kräuterfrau am Rand des Dorfes lebte, die unkte, dass schon bald etwas Schreckliches geschehen würde. Es war verständlich, dass auch Claudius große Angst um seine Familie hatte. So ging er eines Abends heimlich zu Agathe, die eigentlich gar nicht so beliebt unter den Leuten war, weil man von ihr sagte, dass sie eine böse Hexe sei, um Kräuter von ihr zu holen. Er glaubte, dass vielleicht diese Kräuter etwas gegen die wütende Pest ausrichten konnte. Doch als Tage später eben diese Agathe von der Pest getötet wurde, ließ er seine Frau und seinen Sohn nicht mehr aus dem Haus. Nur er ging mutterseelenallein in den Wald, um Holz für den Ofen zu besorgen.

Auch an jenem regnerischen Sonntag lief er schon früh zeitig los, um beizeiten wieder zurück zu sein. Der Regen peitschte ihm ins Gesicht und er war sich auf einmal gar nicht mehr so sicher, ob er an diesem Tag die schwere Arbeit bewältigen könnte. Auch fühlte er sich schwach und so kam es, wie es kommen musste: kraftlos und außer Atem fiel er auf das feuchte Moos zwischen den Bäumen. Auf seiner Haut zeichneten sich die verhängnisvollen Umrisse schwarzer Pestbeulen ab und es schien, als wenn auch er vom Schwarzen Tod ins Jenseits befördert worden sei. Plötzlich erschien ein alter Mann, den bisher noch niemand je zu Gesicht bekommen hatte. Es musste wohl ein Fremder aus der Stadt sein, der sich in diesen Wäldern verirrt zu haben schien. Als er Claudius am Boden liegend erblickte, beugte er sich zu ihm herab und sprach ganz leise zu ihm:

Sieh, nun hat er dich geholt
Der Allmächtige ist hier
Doch du bleibst nicht lange dort
Kommst zurück zu diesem Ort
So, wies Gott für dich gewollt

Kaum hatte er das gesprochen, holte er aus seinem grauen Jutesack einen Laib Brot hervor und brach ein Stückchen davon ab. Das kleine Stück Brot gab er Claudius, der es nahm und aß. Es dauerte gar nicht lange, da spürte Claudius, wie die Kraft in ihn zurückkehrte. Eine ganz neue, überwältigende Stärke begann in seinem Leib zu pulsieren und das Leben kehrte in ihn zurück. Als er endlich aus eigener Kraft aufstehen konnte, war der Fremde verschwunden. Claudius suchte ihn im Wald, doch die Bäume standen so dicht, dass er ihn nirgends entdecken konnte. Dafür fand er das Brot, von welchem er ein Stückchen gegessen hatte und er nahm es an sich. Noch einmal schaute er sich um, sah zum Himmel hinauf und flüsterte ein: Dankeschön. Mit Tränen in den Augen lief er nach Hause, denn er wollte an diesem Tag kein Holz mehr schlagen, wollte nach seinen Lieben schauen, weil er sich sehr um sie sorgte. Auch wollte er seine Geschichte den anderen erzählen, doch als er Zuhause eintraf, musste er mit Schrecken feststellen, dass auch seine Familie vom Schwarzen Tod befallen war. Wie tot lagen sie in ihren Betten und röchelten nur noch. In ihren Gesichtern hatten sich schwarze Pestbeulen ausgebreitet und Claudius wusste im ersten Moment nicht, was er tun sollte. Aber dann holte er den Leib Brot hervor und brach für jeden ein kleines Stückchen davon ab. Und kaum hatten seine Frau und sein Sohn das Brot gegessen, wurden sie wieder gesund. Schon bald war alles wie vorher und alle fühlten sich gut. Es war auch noch genug Brot für die Bewohner des Dorfes da, die allesamt von der Pest bedroht wurden. Und es war einfach unfassbar, aber das kleine Dorf war das Einzige, in welchem sich die Pest nicht weiter auszubreiten vermochte.

Niemals wurde das je erwähnt, denn als die Bewohner Jahre später fortzogen, gab es das Dorf nicht mehr. Doch in den alten Sagen, die man sich in Frankfurt und der Umgebung manchmal erzählt, spricht man noch heute von dem sagenhaften Fremden, der ein Brot hatte, welches die Bürger vor der Pest rettete.

Ja, und manchmal glaubt man, aus der Ferne sogar eine seltsame Stimme zu hören, die ein leises Liedchen singt:

Sieh, er hat euch nicht geholt
Der Allmächtige ist fort
Alles ist, wies immer war
Sonne scheint so hell und klar
So, wies Gott für euch gewollt

Eiszapfen

Dieser Winter ist voller Leichen! So titelte eine namhafte Tageszeitung in Chicago und viele Leute, die jeden Tag aus dem Hause mussten, hatten große Angst. Dennoch musste es weitergehen und so versuchte man, das Unausweichliche, diese ständige Bedrohung zu verdrängen. Und dann geschah es wieder – erneut wurden zwei tote Menschen gefunden. Sie lagen einfach auf dem Bürgersteig und niemand wusste, was ihnen zugestoßen sein konnte, denn von einem Täter fehlte immer jede Spur.

Jerry Byrne hatte all die vielen Horrornachrichten verfolgt und wusste nun selbst nicht mehr, ob er das Haus noch einmal verlassen sollte oder besser nicht. Er wusste, dass es nicht möglich wäre, ohne den Job zu verlieren, einfach für eine unbestimmte Zeit daheim zu bleiben und die Katastrophe auszusitzen. Deswegen nahm er sich vor, genau aufzupassen und sich ständig umzuschauen, während er durch die Straßen lief. Natürlich wusste er genau, dass es nicht möglich war, alles um sich herum unter Kontrolle zu haben. Aber ein gewisses Maß an Aufmerksamkeit konnte keineswegs schaden. So verließ er das Haus und fühlte sich wirklich nicht wohl in seiner Haut. Sein Weg führte durch belebte Straßen und es sah wahrlich nicht so aus, dass ein verrückter Mörder hier herumlungern würde, um gleich loszuschlagen.

Plötzlich allerdings schrie jemand laut auf! Jerry fuhr herum und erschrak! Nicht weit von ihm entfernt lag ein junger Mann. Er bewegte sich nicht mehr und Jerry wusste sofort, was das bedeutete. Als er sich dem Fremden näherte, entdeckte er eine blutende Wunde an seinem Kopf. Vermutlich war der Mann von einem anderen erschlagen worden. Die schnell eintreffende Polizei wunderte sich schon gar nicht mehr, hatte sie doch längst mit dem nächsten Opfer gerechnet. Einer der Beamten meinte, dass es schon ein schwerer Gegenstand gewesen sein musste, mit welchem der Täter zugeschlagen hatte. Als die Leiche abgeholt wurde, lief auch Jerry weiter. Doch es war ganz seltsam, zwar hatte er einen solch furchtbaren Fall noch nie miterlebt, aber irgendetwas erschien ihm sonderbar. Er konnte es sich nicht erklären, aber er spürte es genau und eine innere Stimme meinte, dass hier etwas nicht mit rechten Dingen zuging.

Es hatte wieder zu schneien begonnen, da blieb er stehen und zog sein Mobiltelefon aus der Tasche. Er konnte einfach nicht ins Büro gehen und rief dort an, um sich einen Tag frei zu nehmen. Das ging recht einfach, denn er hatte unzählige Überstunden, und sein Chef hatte ihm schon vor Wochen das Abbummeln dieser Stunden angeboten. Nachdenklich setzte er sich auf eine Bank und schaute sich um. In diesem Winter hatte es wirklich stark geschneit und einen Blizzard hatte es auch schon gegeben. Die zahllosen Schneehaufen türmten sich an den Straßenrändern und die

Leute hatten Mühe, sie zu umgehen. Auch die Autos fuhren vorsichtig und rutschten mehr als sie fuhren. Jerry stöhnte und konnte sich nicht erklären, was da in ihm opponierte, was ihn zu diesem Entschluss, heute nicht zur Arbeit zu gehen, bewog.

Sein Blick streifte die umstehenden Gebäude und die Dächer einiger niedriger Häuser. Dicke Eiszapfen hingen dort herb und schienen eine starke Bedrohung für die Menschen auf dem Bürgersteig zu sein. Aber halt, was war das? Einige der Zapfen schienen sich zu bewegen. Jerry stutzte, rieb sich die Augen und schaute wieder hin. Kein Zweifel, die Eiszapfen bewegten sich, ganz langsam nur aber er konnte es sehen, ganz behutsam, beinahe in Zeitlupe bewegten sie sich hin und her. Diese sonderbare Bewegung glich beinahe dem Pendeln einer Uhr, aber wieso funktionierte das, w es doch gar nicht windig war? Plötzlich tat einer der Zapfen einen Satz und sauste hinunter. Unten spielte ein Kind im Schnee – der Zapfen fiel und fiel und das Kind sprang lachend durch die Schneehaufen. Gleich würde es von dem spitzen Zapfen getroffen, da sprang es in ein Haus und verschwand. Der Zapfen aber fiel nicht einfach so ins Leere. Er machte auf einmal eine scharfe Kurve, und hätte das Kind die Haustür nicht hinter sich geschlossen, wäre er ebenfalls in das Haus gestürzt. Krachend zerschellte er an der Tür und Jerry sprang entsetzt auf, um zum Ort des Geschehens zu eilen. Offenbar hatte das alles kein Mensch bemerkt, jedenfalls nahm niemand Notiz von dem Geschehen. Jerry starrte zum Dach hinauf und bemerkte die sich bewegenden Zapfen. Sie schienen die Straße zu beobachten, aber wie war so etwas nur möglich? Es war doch nur Eis, gefrorenes Wasser sonst nichts, oder? Jerry wusste, dass er schnellstens handeln musste. Er rief die Polizei und versuchte die Leute davon zu überzeugen, einen anderen Weg zu nehmen, nicht unter diesem Dach entlang. Die Menschen schauten zwar ziemlich verdutzt, taten aber, wie ihnen geheißen wurde, und die Zapfen schienen gar nicht erbaut von Jerrys Handeln. Sie schienen sich untereinander zu verständigen, bewegten sich schneller als eben noch, und dann rissen drei von ihnen von der Dachkante ab. Wie Geschosse jagten sie zu Boden und Jerry wusste genau, was sie vorhatten. Sie wollten ihn treffen, wollten sich offenbar an ihm rächen, weil er sie entlarvt hatte. Unterdessen traf die Polizei ein und sperrte die Straße ab. Jerry schaffte es gerade noch rechtzeitig, sich in ein Haus zu retten, als auch schon die drei Zapfen hinter ihm an der Hausmauer zerschellten. Die Beamten, die all das mitverfolgt hatten, trauten ihren Augen nicht. Schnell sprangen sie in ihre Fahrzeuge und warnten die Menschen über Lautsprecher. Panisch rannten die Leute um ihr Leben, retteten sich in die Häuser und schon nach wenigen Minuten war die Straße menschenleer. Die Eiszapfen hatten das alles mitverfolgt und schienen wohl nicht so recht zu wissen, was sie nun tun sollten. Ein eintreffendes Panzerfahrzeug begann schließlich damit, die Zapfen vom Dach zu schießen. Dabei entstand zwar auch an den Dächern ein erheblicher Sachschaden, aber eine andere Möglichkeit gab es im Moment nicht, und die Zapfen konnten restlos beseitigt werden. Das wurde in den meisten Straßen getan und es herrschte über den gesamten Zeitraum Ausnahmezustand in der Stadt. Nach einer Woche war die schwere Arbeit geschafft und kein einziger Eiszapfen hing mehr an irgendeinem Dach. Auch hatte man die Dächer, die für eine solch starke Eiszapfenbildung in Frage kamen, mit einer ganz bestimmten Chemikalie behandelt, die es verhinderte, dass sich neue Zapfen bildeten.

Als man die Zapfen, welche man von den Dächern geholt hatte, untersuchte, konnte man zunächst nichts Besorgniserregendes finden. Doch unterm Mikroskop zeigte sich Unglaubliches: sämtliche Zapfen schienen mit einer Zellschicht überzogen zu sein. Es handelte sich hierbei um eine organische Schicht, die wohl irgendwie zum Leben erweckt worden war, wie auch immer das geschah. So konnten sich die Zapfen aus eigener Kraft bewegen, wie sie allerdings anstellten, über eine solch bösartige Intelligenz zu verfügen, blieb ein Rätsel. Über Jerrys heldenhaften Einsatz wurde noch tagelang in den Medien gesprochen und es schien, als wenn die Gefahr mit der Beseitigung der Eiszapfen für immer beseitigt worden sei. Es geschah nichts mehr, der Ausnahmezustand wurde aufgehoben und die Menschen liefen durch die Straßen als sei es nie anders gewesen. Schon bald zog der Alltag in die Stadt zurück und die mysteriösen Vorkommnisse mit den Zapfen verblassten.

Eines Abends tobte ein heftiger Blizzard über der Stadt und hohe Schneeberge hatten sich auf den Straßen und Bürgersteigen aufgehäuft. Auch die Dächer waren voller Schnee, doch die Chemikalie verhinderte zuverlässig, dass sich Eiszapfen bilden konnten. Jerry war in Gedanken, als er von der Arbeit nach Hause zurückkehrte. Es war sehr anstrengend, durch den hohen Schnee zu stapfen und der Winterdienst hatte einfach viel zu viel zu tun, um alle Straßen zu beräumen. Plötzlich schien sich einer der hohen Schneehaufen zu bewegen. War es ein Hund, der sich darunter verborgen hatte, eine Katze vielleicht? Offenbar war es nichts dergleichen. Als Jerry vorüberlief, stob der Haufen auseinander, fuhr hoch in die Luft, um gleich darauf wieder zum Erdboden zurück zu sausen. Jerry sah die Schneelawine auf sich zukommen und schaffte es gerade noch rechtzeitig, sich in sein Haus zu retten. Als er durch die Scheibe der Haustür nach draußen blickte, traf ihn beinahe der Schlag. Denn der Schneehaufen hatte sich bedrohlich vor die Tür des Hauses gesetzt und versperrte nun den Weg. Doch da war noch etwas, dass Jerry einfach nicht glauben konnte: In den Schnee war irgendetwas Merkwürdiges geschrieben, dass in feuerroten großen Lettern leuchtete, als hätte es der Teufel in den Schnee geritzt. Jerry wusste genau, was das zu bedeuten hatte, und entziffer-

te entsetzt das grausige Wort, welches ihn selbst
zu meinen schien: RACHE!

Hotel des Grauens

An irgendetwas Schlimmes oder auch Böses erinnerte mich jenes sonderbare Hotel. Ich war in die Wälder Alabamas gefahren und wollte eigentlich Wandern. Allerdings sollte auch noch ein wenig Erholung dabei sein. Das Hotel hatte ich mir auch gar nicht herausgesucht, ich hatte es zufällig beim Herumfahren in dieser Gegend entdeckt. Doch das es derart einsam lag und so merkwürdig aussah, behagte mir irgendwie gar nicht. Bedrohlich erhob es sich zwischen den hohen Kiefern und sah aus wie ein graues Totenmonument. Dennoch wollte ich nicht weiter fahren; ich war hundemüde und wollte einfach nur ins Bett.

Schon im Foyer des nüchternen Gebäudes liefen rätselhaft bleiche Gestalten herum. Es waren Leute, die mich allesamt so merkwürdig anschauten. Ich konnte mir das Ganze nicht erklären, sie kannten mich doch gar nicht. Mir war einfach unheimlich zumute und ich hatte nur noch einen Wunsch-auf schnellstem Wege in mein Zimmer zu kommen.

Der Concierge, ein junger hohlwangiger, aber überfreundlicher Mann schob mir mit großen Augen den Zimmerschlüssel über den Tresen. Ich unterschrieb auf dem Eincheckformular, welches vor mir lag und begab mich zum Fahrstuhl. Die alte reich verzierte Tür sah gespenstisch aus. Es waren Totenköpfe, die reliefartig die Tür übersäten. Wie konnte man nur so etwas als

Zierde anbringen? Ich konnte das nicht verstehen, doch es wurde noch verrückter. Im Fahrstuhl ruckelte es, als sei ich auf einer Straße mit Millionen Schlaglöchern unterwegs. Und als ich schließlich im obersten Stockwerk anlangte, wo sich mein Zimmer befand, stand schon ein älterer Herr in schwarzer Livree an der Tür. Mit kühler monotoner Stimme fragte er mich, wie es mir ginge. Ich wusste nicht so recht, ob es mir angenehm oder irgendwie komisch zumute war. In jedem Fall aber war ich hundemüde. Ich erkundigte mich bei dem sonderbaren Herrn, ob ich immer alle Fahrstühle nutzen könnte, wenn ich ins Foyer wollte. Der überfreundliche Mann verzog keine Miene und sprach mit eisiger sonorer Stimme: „Natürlich mein Herr. Alle Fahrstühle fahren nach unten. Wollen Sie sich überzeugen, es geht in jedem Falle abwärts!"

Ich lehnte ab und er grinste ganz merkwürdig und verschwand. Ich war heilfroh, doch noch mein Zimmer erreicht zu haben und stellte meine Reisetasche neben den hölzernen Einbauschrank. Erleichtert atmete ich tief ein und fand, dass die hier mal wieder gelüftet werden sollte. Es roch muffig alt. Ich lief zum Fenster, um es zu öffnen, schaute dabei zum Wald, der das Hotel umgab, und durch welchen ich auch gekommen war. Als ich hinunterschaute, erschrak ich fürchterlich. Vor dem Hotelportal standen drei schwarze Leichenwagen, und mehrere Männer in schwarzen Uniformen trugen weiße Särge aus dem Hotel. Als sie die Särge in den Bestattungsfahrzeugen verstaut hatten, schienen sie mich zu bemerken und starrten regungslos nach oben. Ihre Blicke waren derart durchdringend, dass mir nicht nur ein Kälteschauer über den Rücken lief. Und eine bange Frage nistete sich in meinem Kopfe ein: Wo war ich hier nur hingeraten?

Vielleicht hätte ich doch besser wieder auschecken sollten, denn die Nacht, die mir bevorstand, war noch übler als ich es in irgendeinem Horrorfilm je gesehen hatte. Nachdem ich meine Tasche ausgepackt hatte und mir einen kleinen Imbiss aufs Zimmer bringen ließ, wollte ich mich hinlegen. Draußen war pechschwarze Nacht und seltsamerweise schien das gesamte Hotel im Dunkeln zu liegen. Keine blinkenden Werbetafeln, keine Laternen, nichts, das leuchtete umgab das sonderbare Hotel. Vermutlich war ich dann doch eingeschlafen, denn als ich wach wurde, war schon Mitternacht. Seltsame Geräusche krochen durch die Flure des altehrwürdigen Gemäuers. Es glich einem Röcheln, und schließlich waren da diese Schreie. Sie kamen von den Fahrstuhlschächten. Ich wusste nicht genau, ob ich nachschauen sollte oder nicht. Vielleich hätte ich es besser sein lassen sollen, denn kaum hatte ich mein Zimmer verlassen, um mich zu überzeugen, woher die Geräusche kommen mochten, flackerte das Licht auf der Etage und rote Lichter huschten wie Glühkäfer durch die Luft. Zusammen mit dem Röcheln bildeten sie eine unheilvolle Kulisse. An einer der Fahrstuhltüren stand wieder dieser ältere Herr in der schwarzen Livree. Er verbeugte sich ein wenig und sagte dann: „Wollen Sie nicht mit mir nach unten fahren? Es gibt frisch Geschlachtetes."

Ich spürte, wie mir mein Herz bis zum Halse schlug, und in diesem Augenblick bemerkte ich, dass sein weißes Hemd, welches unter der tiefschwarzen Livree hervorschaute, blutrote Flecken hatte. Panisch rannte ich in mein Zimmer zurück, und in diesem Moment hatte ich nur noch einen Gedanken: Raus hier! Nur wie sollte ich an dem merkwürdigen Herrn, der sich an den Fahrstuhltüren herumtrieb, unbemerkt vorbeikommen?

Ich beschloss abzuwarten, bis das Licht nicht mehr flackerte und ich selbst ein wenig zur Ruhe gekommen war. Nach zwei geschlagenen, endlos lang erscheinenden Stunden war es schließlich soweit. Längst hatte ich meine Reisetasche wieder gepackt und stand fertig angezogen hinter der Zimmertür. Angestrengt lauschte ich, ob ich nicht doch noch irgendjemanden hörte. Doch es blieb ruhig, totenruhig sozusagen. Vorsichtig öffnete sich die Tür, doch der Flur war leer. Der Alte schien nicht da zu sein. So schlich ich mich aus dem Zimmer und suchte nach dem Treppenhaus. Den Lift wollte ich nicht nehmen-wer wusste schon, ob er mich sicher nach unten gebracht hätte. Am Ende des Flures entdeckte ich eine Tür. Sie führte tatsächlich zum Treppenhaus und ich rannte, immer besonnen, dass ich nur ja keine Geräusche verursachte, die unzählig vielen Stufen nach unten. Ich vermied, mich im Foyer zu zeigen, lief stattdessen immer weiter bis zum Keller und fand sogar meinen Wagen, der dort unten in der angrenzenden Tiefgarage stand. Zu meinem großen Erstaunen war es das einzige Fahrzeug, das sich dort befand. Aber - hatte ich nicht am Abend noch viele Leute im Foyer umherlaufen sehen? Ich verstand das alles nicht, doch da wurde ich auch schon entdeckt! Besser gesagt: ich wurde erschreckt, denn die roten Lichter, die den Augen des Teufels glichen, flogen wie Fledermäuse durch die Gewölbe der Garage. Hastig sprang ich in meinen Wagen und drückte aufs Gaspedal. Seltsamerweise funktionierte das Rolltor nicht. Da es nicht sehr stabil war, durchbrach mein Wagen mühelos diese Absperrung. Draußen wurde es noch verrückter! Der alte Mann in der schwarzen Livree stand an einem Leichenwagen und hob zusammen mit zwei anderen Männern einen schwarzen Sarg in das Auto. Als sie mich sahen, grinsten sie und nickten mir zu. Ich raste an ihnen vorüber und im Rückspiegel sah ich nur noch, dass die Fenster des Hotels allesamt grellrot erleuchtet waren! Plötzlich und wie aus dem Nichts tauchte eine blutverschmierte Gestalt vor meinem Wagen auf! Ihr grausam entstelltes Gesicht stierte Furcht erregend durch die Windschutzscheibe meines Wagens, und Sie wankte dabei, als sei sie längst nicht mehr unter den Lebenden. Ich schaffte es gerade noch rechtzeitig, einen weiten Bogen um die Gestalt zu fahren und raste schließlich durch den angrenzenden dichten Wald, bis ich nach zwei weiteren Stunden endlich eine etwas breitere Straße erreichte. Noch einmal fuhr ich eine knappe Stunde, und endlich, endlich sah ich ein beleuchtetes Schild, welches auf ein Motel hinwies.

Ich fuhr dorthin und parkte mein Fahrzeug neben dem Gebäude. Die nette Dame an der recht gemütlich erscheinenden Rezeption erkundigte sich fürsorglich, ob ich eine gute Fahrt hatte und meinte, dass sie noch ein Zimmer für mich habe. Ich war erleichtert, nach all diesen Strapazen wieder unter normalen Menschen sein zu können. Im angrenzenden Gastraum wollte ich meine Gedanken ordnen und einen Kaffee trinken. Die freundliche Dame von der Rezeption jedoch setzte sich zu mir. Sie schien ziemlich neugierig zu sein, denn sie schaffte es tatsächlich, mich beinahe unmerklich auszufragen. Vermutlich kamen nicht viele Leute hierher, sodass sie stets hinter den neuesten Nachrichten aus der Gegend her war.

Als ich ihr von dem grausigen Hotel im Wald berichtete, wurde sie jedoch ganz plötzlich ziemlich schweigsam. Mit ernster Miene sah sie mich an und schien mir wohl nicht recht glauben zu wollen. Ich konnte mir das zunächst nicht erklären, erfuhr aber wenig später den schier unfassbaren Grund. Vielleicht, weil ich ziemlich plastisch von meinem soeben Erlebten erzählte, meinte sie dann, dass sie schon einmal einen Gast hatte, der solch ein Erlebnis hatte. Nun war ich neugierig geworden und wollte mehr darüber erfahren. Doch die Dame zuckte nur mit den Schulten und starrte mir ungläubig ins Gesicht. Dann sprach sie mit düsterer Stimme die Worte, die ich niemals mehr vergessen werde: „Wissen Sie, dieses Hotel, in welchem Sie waren, gibt es schon lange nicht mehr. Es ist sozusagen ein Geisterhotel und man sagt, dass sich fürchterliche Dinge dort abspielen sollen. Denn immer, wenn es sich im Wald zeigt, geschieht irgendwo in der Gegend ein schreckliches Verbrechen. Das Hotel selbst steht schon sein hundert Jahren nicht mehr. Es brannte ab, weil ein gestresster Hoteldiener vergaß, eine Kerze, die in einem gerade verlassenen Zimmer weiterbrannte, zu löschen. Sie war wohl umgekippt und entzündete beim Herunterfallen die Tischdeckchen, den Teppich und das gesamte Mobiliar. Bei dem fürchterlichen Feuer kamen alle zehn Hotelgäste und das gesamte Personal ums Leben. Man sagt, dass noch heute der alte Besitzer erscheint, um sich einen Menschen zu holen - als Tribut für die Toten in jener Nacht"

Böse Nachbarn

Ich erinnere mich noch genau an diese furchtbar dicke Frau mit dem bösen Blick. Eigentlich war sie die Nachbarin meiner Eltern, doch ich wusste, dass sie nicht nur das war. Denn immer, wenn sie allein vorm Hause stand und zu unseren Fenstern hinauf schaute, verwandelte sich ihr trüber Blick in zwei tiefe schwarze Höhlen, die alles, was hell und aus Licht bestand, in sich zu verschlingen drohten. Selbst ihr hagerer Ehemann, der dem Alkohol näher stand als sich selbst, schien mit dem Teufel im Bunde. Sein weißliches Gesicht und sein bitterböser Blick drohten alles um sich herum zu vernichten! Überhaupt ergänzten sich die beiden unheilvollen Wesen wie Pech und Schwefel bei ihren hasserfüllten Attacken gegen die übrige Nachbarschaft!

Eines Tages, die dicke Frau stand mal wieder allein auf dem Bürgersteig vor dem großen Haus, wartete wohl auf ihren Ehemann, der das Auto aufschließen sollte, drehte sie sich ganz langsam nach unseren Fenstern um. Meine Mutter und ich beobachteten all das hinter der sicheren Gardine, und wir waren froh, dass die Dicke und ihr Mann wohl endlich für ein paar Stunden verschwinden würden.

Wieder bemerkten wir diese dunklen stechenden Blicke, die sich gierig in die Scheiben unserer Fenster bohrten und vermutlich schon vom nächsten nahenden Unheil kündeten. Ich schaute meine Mutter wortlos an und wir beide spürten genau, dass die Blicke der Dicken diesmal böser waren als alles, was sie bisher ausgestrahlt hatten. Als ihr Ehemann das Auto aufgeschlossen hatte, ließen sich die beiden schweigend und furchtbar schlecht gelaunt in die Autositze plumpsen. Noch einmal starrten sie wie ein böses Omen zu unseren Fenstern, und ich hatte den Eindruck, dass an diesem Tage noch etwas Entsetzliches geschehen würde.

Das dunkle Auto der beiden Teufelsanbeter verschwand leise im Nebel und ich hatte gar kein gutes Gefühl. Meine Mutter aber beschwichtigte mich und zerschlug all meine Bedenken. Als aber lautstark ein schweres Gewitter aufzog, schwiegen wir uns vielsagend an. Wir hatten den Eindruck, dass dieses Gewitter heftiger war als alle vorangegangenen. Grellrote Blitze durchschnitten wie Dolche die Düsternis und die Donnerschläge glichen verblüffend dem Gezeter und den hasserfüllten Flüchen der dicken Frau und ihrem bösen Ehemann. Als ein heftiger Donnerschlag auf einen noch viel heftigeren feuerroten Blitz folgte, fielen bei uns die Lampen und die Telefone aus. Sofort schob ich alles auf die bösen Blicke und die Flüche der Dicken. Doch meine Mutter hatte seltsamerweise ein vollkommen anderes Gefühl!

Ich konnte es mir einfach nicht erklären, doch die charismatische Sicherheit meiner Mutter erschien mir wie ein starkes Gebet vor dem Herrn.

Stunden später, längst war der Strom wieder da, wurde eine recht sonderbare Meldung im Radio bekannt gegeben: „Bei einem schweren Gewitter verunglückte ein Ehepaar mit seinem nagelneuen Wagen. Ein Blitz schlug wohl in die Elektronik des Autos ein und legte die Steuerung lahm. Weil der Wagen nicht mehr reagierte, blieb er mitten auf der Straße liegen. Ein riesiger Track, der nicht mehr bremsen konnte, fuhr mitten in den PKW hinein. Das Ehepaar hatte keine Chance!"

Als der zerstörte Wagen gezeigt wurde, fuhr mir eine Gänsehaut über den Rücken. Denn bei dem Wrack handelte es sich um den Wagen des bösen Nachbar-Ehepaares. Und es war wirklich wie verhext, aber kurz nach der Bestattung der beiden, glaubte ich eines Nachts eine schwarz gekleidete Gestalt in der Wohnungstür der Verunglückten gesehen zu haben. Sie hatte rote Augen und flüsterte immerfort die unheilvollen Worte, die ich wirklich gut verstand:

„Jetzt gehören die beiden toten Seelen für immer mir!"

Blitzschlag

Benny war Landwirt und musste täglich hinaus, um sich um seine Felder zu kümmern. Es war Erntezeit und das Korn musste eingefahren werden. So war Benny schon sehr früh am Morgen auf den Beinen, um sich um alles zu kümmern. Die Landmaschinen mussten gewartet- und das Vieh gefüttert werden. Erst kürzlich hatte er sich einen neuen Traktor geleistet. Es war eine sehr teure Anschaffung, doch sie musste sein. Denn sein alter Traktor hatte den Geist nach jahrzehntelanger Treue nun endgültig aufgegeben. Das neue Arbeitsgerät musste allerdings erst eingefahren werden.
Und so fuhr Benny jeden Morgen früh zeitig los, um sich an die neue Maschine zu gewöhnen. Auch an jenem regnerischen Morgen war das wieder so. Schon gegen Sechs war er auf den Beinen. Er hatte den neuen Traktor bereits aus seinem Unterstand gefahren und wollte sogleich damit lostuckern. Er konnte schon recht gut mit dem Traktor umgehen. Dennoch musste er noch üben. Er schwang sich ins Fahrerhaus und stellte den Motor ein. Doch irgendetwas erschien ihm anders als sonst. Das Geräusch des Motors hörte sich etwas seltsam an. Da Benny jedoch das Motorengeräusch noch nicht so genau taxieren konnte, nicht wusste, wann es normal war und wann bedenklich, achtete er nicht länger auf diese Geräusche.

Er tuckerte los und befand sich schon bald auf dem ausgefahrenen Feldweg seiner Ländereien. Unterwegs musste er über eine Brücke, die ein kleines Flüsschen überspannte. Während er sich schon überlegte, wie er den Traktor bei seiner Feldarbeit einsetzen könnte, zogen dunkle Wolken auf. Sorgenvoll beobachtete Benny das Geschehen. Denn es würde sicherlich nicht mehr lange dauern, bis ein Unwetter aufzog. Sollte er umkehren? Oder sollte er seine Testfahrt fortführen? Er war sich nicht so recht schlüssig und fuhr einfach weiter. Was sollte ihm schon geschehen, dachte er sich, er saß ja im Trockenen. Doch er konnte nicht ahnen, dass es sich bei diesem Unwetter um ein kräftiges Gewitter handelte. Schnell zog es auf und alsbald fand sich Benny in einem heftigen Hagelschauer wieder. Die Scheiben des Traktors bekamen bedenkliche Sprünge, doch noch immer hielt Benny das Gefährt nicht an. Im Gegenteil, er beschleunigte seine Fahrt auch noch. Er fand es plötzlich aufregend, sich in seinem großen Traktor durch das Unwetter zu bewegen. Er fühlte sich wie ein Fels in der Brandung. Doch war in diesem Falle die Brandung stärker als der Fels? Noch nie hatte er ein Gefährt aufgeben müssen, nur, weil es von einem schweren Unwetter zerstört wurde. Auch diesmal konnte er sich das nicht vorstellen. Er beschleunigte den neuen Traktor bis aufs Äußerste. Der Motor heulte auf und die monströse Landmaschine jagte wie ein Rennpferd zwischen den Feldern hindurch. Die Brücke war nicht mehr sehr weit und Bennys Geschwindigkeitsrausch kannte kein Ende mehr. Da der Motor mittlerweile wunderbar lief und seine Felder in nie gekannter Geschwindigkeit an ihm vorbei flogen, vergaß er, dass er nur langsam über die schmale Brücke fahren durfte. Das Unwetter schien sich zu beruhigen, immerhin hörte der lästige Hagel auf. Nur einige wenige Sprünge klafften an der Frontscheibe des Traktors und Benny empfand seine Schussfahrt als gelungen und erholsam. In Bennys Augen hatte dieser neue Traktor seinen Härtetest schon bestanden. Immer näher kam er an die Brücke und es schien, als ob das Unwetter schon so langsam abzog. Da zuckte plötzlich ein heftiger Blitz vom Himmel, geradewegs auf den Traktor nieder. Mit einem lauten Knall schlug er in den Motorblock ein.

Das Gefährt ruckte und zuckte und blieb kurz vor der Brücke stehen. Benny starrte auf die Straße vor ihm und konnte es nicht glauben. Was war da eben geschehen? Sein teurer neuer Traktor, zerstört.

Nein, so etwas war ihm bisher noch niemals widerfahren. Er dachte an die Kosten, die ihm entstehen würden, wenn er den Traktor reparieren ließ. Doch es nutzte nichts, er musste aussteigen, um nachzuschauen, wo der Schaden lag. Plötzlich knirschte es auf dem Weg vor ihm. Es krachte und laut polternd stürzte die Brücke in sich zusammen. Platschend fielen die Trümmer ins Wasser des kleinen Flüsschens. Benny, der nicht glauben konnte, was da geschah, traute seinen

Augen nicht mehr. Wie konnte das nur sein? Erst der Traktor, dann diese Brücke. Was ging hier vor? Wäre er weitergefahren, so wäre er mitsamt der Brücke in den Fluss gestürzt. Und obwohl die Brücke nicht sehr hoch war, reichte es doch, dass er diesen Unfall möglicherweise nicht überlebt hätte. Auch sein Traktor wäre dann verloren gewesen. Irgendwie schien es ihm, dass dieser Blitzschlag in den Motor seines Traktors wohl doch noch das sprichwörtliche Glück im Unglück gewesen war. Er zog sein Handy aus der Hosentasche und rief Hilfe. Später stellte sich heraus, dass die Brücke durch einen früheren Erdrutsch bereits schwer beschädigt worden war. Das nächstbeste Fahrzeug, welches sie überquert hätte, wäre mitsamt der Brücke in den Fluss gestürzt. Und der nächste war in diesem Falle Benny selbst.

Er hatte großes Glück, und als man den Traktor in einer Werkstatt untersuchte, um ihn wieder zu reparieren, brauchte man das nicht mehr zu tun. Denn er funktionierte einwandfrei …

Ängste

Die Ängste werden wieder schlimmer! Habe soeben mit einem Arzt aus der Psychiatrie Kontakt aufgenommen, um vielleicht doch wieder in die Tagesklinik zu gehen. Allein schaffe ich es einfach nicht! Ständig diese Schweißausbrüche, dieses Zittern und dieses komische Gefühl im ganzen Körper. Ich habe langsam das Gefühl, dass mich irgendetwas aufzufressen droht. Aber was ist es nur. Was ist so böse, dass es mich mit Haut und Haaren, mit allem, was ich bin, zu vernichten droht? Die Angst allein? Oder ist da doch noch so viel mehr? Irgendwann traue ich mich nicht mehr aus dem Haus, und ich habe Angst! Ja, da ist sie wieder und sie will nicht gehen! Ja, ich hab echt Angst, irgendwann gar nicht mehr unter die Leute zu gehen. Richtig, ich meide oft die Menschen, weil ich keine guten Erfahrungen mit ihnen gemacht hatte. Aber ist das wirklich richtig? Soll ich mir mein Mineralwasser nun auch noch im Internet bestellen? Können da die Menschen um mich herum dafür? Ganz sicher nicht! Und wieder eine Panikattacke! Vernichtend stark und einem wuchernden Unkraut gleich! Ich hasse das so sehr! Aber ich komme nicht dagegen an. Sie scheinen stärker zu sein als ich! Viel stärker! Wie geht man nur mit so was um? Damals, als ich noch gut verdient hatte, damals ja, das ist so viele Jahre her. Und jetzt? Jetzt hängt man an einem kleinen Einkommen und rennt seinem bisschen

Geld manchmal sogar noch hinterher, weil andere festgelegt haben, dass es so zu sein hat. Nein, mit einem richtigen Leben hat das wenig zu tun – manchmal auch gar nichts! Sehr oft schon gar nichts! Alkohol wäre jetzt nicht schlecht! Aber den habe ich schon seit vielen Jahren nicht mehr angerührt. Alkohol und Antidepressiva vertragen sich nicht. Und dieser vermeintliche hochprozentige Muntermacher, dieser Vortäuscher, verträgt sich auch nicht mehr mit meinem Leben! Ob andere auch solche Probleme haben? In der Klinik, damals, habe ich tatsächlich Menschen kennenlernen können, denen es ebenso ging, naja, so ähnlich zumindest. Was die alles so durchgemacht hatten. Arbeitslosigkeit und Existenzangst! Ja, arbeitslos war ich auch mal. Viele Jahre sogar. Keiner wollte mir helfen und wenn ich daheim nicht so unterstützt worden wäre, dann weiß ich auch nicht. Meine Mutter, ja meine geliebte Mutter, sie hat mir so viel geholfen. Sie hat so viel Kraft in mich gesteckt. Und sie hilft mir immer noch. Sie ist immer da für mich. Der einzige Mensch, der mir noch blieb. Das Alleinsein ist schön und hart. Aber ich wollte es ebenso. Wollte ich das wirklich so? Ich liebe meine kleine Familie doch so sehr.

Ich erinnere mich, damals, an die vielen schönen Reisen, so unbeschwert und unbekümmert ich da war. Es war alles so schön. Das Meer, die fremden großen Städte, die tollen Länder, wo ich war. Und jetzt? Eine kleine Ecke auf meinem Sofa ist geblieben. Ist *das* das restliche Leben? Ich weiß es nicht und kämpfe wieder mit meinen Ängsten, und mit den Resten meiner verbliebenen Lebensjahre. Sie sind so stark, viel stärker als ich - diese fürchterlichen Ängste! Ein alltägliches Einerlei. Eine Einbahnstraße ins Nichts. Eine Verirrung vielleicht? Die Gedanken schlagen Purzelbäume. Sie glühen und sie verbrennen in unerklärlichen Hitzewellen, die mich zu verglühen drohen. Die Ängste werden immer stärker. Doch wenn ich mich frage, wovor ich eigentlich Angst habe, dann ist da nichts. Nur die zuverlässigen Kameraden: Atemnot und Herzstolpern, die die Antwort jäh vermiesen. Wovor hab ich eigentlich Angst? Vor der Zukunft, der Vergangenheit vielleicht? Oder vor all den unbewältigten Sorgen? Ja, auch! Ob der Arzt mir schon geantwortet hat? Ich schaue in den Email-Account. Nein, noch immer tiefes Schweigen. Der sitzt sicherlich längst mit seiner Familie glücklich am Tisch.

Ich bin unglücklich, und ich habe Angst vor meinem Leben, vor mir selbst vielleicht. Vor dem neuen Tag vielleicht auch. Und vor der wiederkehrenden Angst. Sie ist allgegenwärtig. Und sie nagt an meiner Seele, meinem Selbstbewusstsein, meinem *Ich*.

Ich will sie nicht, denn sie ist schwarz und voller Hass auf mich. Doch sie geht nicht und beherrscht mich immerfort, beinahe an jedem Ort.

Schwärze in der kalten Nacht
Dieser Teufel bleibt nicht fort
Unbeirrt und unbewacht
Bleibt mir nur die dunkle Nacht
Und der ängstlich, triste Ort

Aller Weg scheint mir versperrt
Nirgendwo ein Ausweg liegt
Wirklichkeit total verzerrt
Ach, mein Leben scheint versperrt
Weil mich wohl das Böse liebt

Ich fühl mich kraftlos und entnervt. Alles regt mich auf und keiner ist da, der dies ändern kann. Ich steh vorm Spiegel und verspüre plötzlich Panik. Eine Panikattacke vielleicht? Nein, es ist anders. Ganz anders als sonst!
Was ist das nur? Ein Gefühl, dass warm vom Herz ins Hirn und wieder in die Füße sinkt. Was kann das sein? Und schon ist's wieder weg. Das Spiegelbild da vor mir sieht nicht ängstlich aus. Es ist gesund und hat rosige Wangen. Ein Trugbild? Nein, nur ein Spiegelbild, sonst nichts! Die Zunge ist leicht belegt. Bin ich doch Krank? Ruhig scheint das Gesicht dieses Spiegelbildes.
Doch da, da ist eine tiefe dumme Falte!
Das gierige Tier der tristen trüben Angst will mich für immer wohl verspeisen und nie wieder gehen lassen? Hyperventilation - plötzlich! Der Magen dreht sich um und der Darm fängt an zu frieren. Ein Gefühl wie Sterben! Ich japs nach

Luft, immer wieder und wieder … nach … was eigentlich? Nach Leben vielleicht? Ich taumele!

Der Schwindel ist so stark und auch das Zittern. Es ist so hell, zu hell um mich herum! Ich will es nicht, ich hasse es und bin zu schwach, das zu vertreiben! Ach!

In durchgeweinten und verfluchten Nächten, in denen ich tausend Stunden wach gelegen hab, wollt ich schon aufhören und die Hoffnung für immer da begraben. Alles schien dahin und der angstbewährte Herzschlag, der bis in den Hals vibrierte, drohte mich beinahe schon zu vernichten. Es ging nicht mehr vorbei und als ich dann schweißgebadet zitternd nach oben schaute, suchte ich vergeblich nach dem rettenden Gott und seinen liebevollen Engeln. Jedoch ganz tief im Herzen, da habe ich's gespürt und stets gewusst in allem, was ich doch jemals gewesen, dass ich es dennoch schaffen würde, irgendwann vielleicht. Nein, auf jeden Fall! Denn Gott war und ist stets da, und seine Engelchen, die man manchmal sehen kann, sind unter uns. Man muss sie schon suchen und man wird sie dann finden. Es ist doch so viel Liebe und auch so viel des Lebens noch in mir. Ich spüre es. Und ich weiß es ganz genau. Denn meine Mutter sagte immer, dass ich gesund und stark bin. Sie wusste es und ich weiß es jetzt auch! Ja, da ist noch Leben, und kein Weg ist ein Spaziergang und wird auch keiner sein! Es ist halt ein unablässiger Kampf, und es ist halt auch nicht einfach. Manchmal tränengepflastert und trauerbeschwert, und keinesfalls von ewigem Mut und entschlossener Kampfeslust gekürt. Aber wer hat da schon einst gesungen, dass gerade dieses eine Leben besonders leicht sein wird? Niemand! Und weil ich das jetzt weiß, sprießt neue Kraft und neuer Lebenssaft aus Herz und Hirn und raunt in jeder Lebenslage: „Du hast keine Angst!"

Hoffnung fließt durch alle meine starken Sinne!
Sag dem tristen grauen Jammertal
für immer nun ade!
Die Angst, ja,
diese schwarze böse alte Krabbel-Spinne
Kriecht manchmal bis hin
in jene aller tiefsten Lebenssinne
Und zerschmilzt behände allen Mut
im lähmend kalten Winterschnee

Ich weiß es längst,
und werd es niemals mehr vergessen
Solange Leben da ist, stirbt eins nie:
die Hoffnung und der beste Lebenstraum!
Geh nur immer weiter in die Zukunft
und harre stets versessen
Auf das Neue, Unbekannte,
das du niemals je vergessen
Weiß darum, du bist es doch,
der wird dereinst die aller größten Schlosser baun!

Schizophren

Es waren diese merkwürdigen Stimmen, die Ted andauernd hörte. Er konnte es sich einfach nicht erklären, denn bis zu seinem erst kürzlich gefeierten vierzigsten Geburtstag schien die Welt noch vollkommen in Ordnung. Wie aus heiterem Himmel waren sie da, die Stimmen, die fortan sein Leben beeinflussen sollten.

Margy, seine Frau, hatte das wohl bemerkt und machte sich große Sorgen. Denn Ted zog sich mehr und mehr in sich selbst zurück. Nachts konnte er nicht mehr ruhig schlafen, immer wieder meldeten sich die Stimmen und schienen ihm irgendetwas zu erzählen. Ted wollte nicht darüber reden, doch eines Tages hielt er es einfach nicht mehr aus. Unter Tränen und am ganzen Leibe zitternd erzählte er Margy von den vermeintlichen Stimmen. Er sagte, dass sie ihm von irgendwelchen Erlebnissen erzählten, und dass sie ihm jedes noch so unbedeutende Ereignis schilderten. Ted schien es beinahe so, als würde in ihm ein Fremder leben, der ein völlig anderes Leben führte als er selbst.

Margy wusste nicht, wie sie ihrem Ehemann helfen konnte und so kam es wie es kommen musste: Ted verlor seinen Job. Von nun an ging es rapide bergab mit ihm. Schon nach drei Wochen brauchte er einen Termin bei einem Psychiater, denn diese Stimmen in ihm hielt er einfach nicht mehr aus. Der Nervenarzt, ein alter grauhaariger

Mann, hörte sich Teds Geschichte aufmerksam an und diagnostizierte schließlich eine starke Schizophrenie bei ihm. Ted bekam starke Medikamente und eine Weile sah es so aus, als ob sich die Stimmen zurückziehen würden.

Doch an einem eiskalten Wintertag waren sie wieder da. Und Ted ging es schlechter als jemals zuvor.

Es war am ersten Weihnachtsfeiertag, als Ted sich erneut auf den Weg zum Krankenhaus in die Stadt aufmachte. Er wollte sich dort in eine geschlossene Klinik einweisen lassen, weil er nicht wusste, was ihm die rätselhaften Stimmen noch befahlen. Unterwegs wurde das Wetter immer schlechter. Es schneite und es sah so aus, als ob sich jede Minute ein Blizzard über der Gegend austoben wollte. Ted hielt den Wagen an, denn er konnte die Straße einfach nicht mehr erkennen. Plötzlich waren die Stimmen wieder da! Sie wimmerten und jammerten und riefen in einem Fort: „Hilf uns, wir sind auf dem Beverly-Highway unterwegs und liegen im Straßengraben. Dieser Blizzard, er ist einfach furchtbar. Die Kinder, sie sind verletzt, oh mein Gott. Und wir haben kein Telefon dabei!"

Ted wollte schon nach seinen Pillen greifen, die er im Futteral seiner dicken Winterjacke mit sich führte. Doch da hielt er inne, sprachen die Stimmen nicht vom Beverly Highway? Er war doch auch auf dem Beverly Highway unterwegs. Und dieser Schneesturm, dieser Blizzard, ging der hier nicht etwa auch gerade los? Sollten die

Stimmen etwa … Ted zweifelte bereits an seiner Zurechnungsfähigkeit. So etwas war doch unmöglich! Sicher bildete er sich das alles nur ein. Dennoch öffnete er die Wagentür und stieg aus. Gnadenlos schlug ihm der Schneesturm ins Gesicht und drückte ihn gegen den Wagen. Mit ganzer Kraft stemmte sich Ted gegen die Übermacht des Blizzards und lief einfach los. Die Stimmen in seinem Kopf wurden immer leiser. Sie weinten und schienen vollkommen am Ende aller Kräfte. Ted nahm allen Mut zusammen und begann mit den vermeintlichen Stimmen zu sprechen: „Hallo, wo seid ihr, ich bin auch auf dem Beverly Highway. Ich höre euch und kann euch vielleicht helfen."

Eine ganze Weile hörte er gar nichts mehr und er wollte schon zurück zum Wagen, doch da antworteten ihm die Stimmen: „Wir sind an der Kreuzung, vermutlich auf der Höhe von Williams-Point. Oh mein Gott, den Kindern geht es sehr schlecht, bitte komm schnell, sonst ist alles vorbei!"

Ted kniff die Augen zusammen, wollte sich orientieren, wo er sich gerade befand. Dabei peitschte ihm der Blizzard die eisigen Schneekörner mitten ins Gesicht. Der Sturm schien an Heftigkeit noch zugenommen haben, doch er wollte nicht aufgeben und kämpfte sich Meter um Meter voran. Plötzlich stieß er gegen etwas Hartes! Es war ein Pfahl, ein Schild. Mit seinem Arm wischte er den daran haftenden Schnee herunter und las: Williams Point! Kein Zweifel,

hier war er richtig! Aber wo befanden sich fremden Leute? Bei dem immer dichter werdenden Sturm konnte er nichts erkennen! War vielleicht doch alles nur Einbildung, seine Schizophrenie, die vermutlich wieder zuschlug? Noch einmal fragte er die Stimmen, wo er suchen sollte. Doch da entdeckte er unter einem Schneehaufen etwas Metallisches. Schnell entfernte er den Schnee von dem Metall und legte das Heck eines Pickups frei. Und tatsächlich, unter dem Schnee verbarg sich ein Fahrzeug, und Leute waren auch darin. Als er die Tür öffnen wollte, ging es nicht. Der Wagen war zu stark beschädigt. So zerschlug er kurzerhand die Scheibe und versuchte, die Tür aufzustemmen. Es gelang und nun sah er, wer sich im Fahrzeug befand. Es war eine Familie mit zwei Kindern. Alle waren verletzt und die Kinder auf der Rückbank bluteten stark. Ein Mobiltelefon hatten sie nicht dabei und Ted rief schleunigst einen Notdienst an. Bis zum Eintreffen des Notdienstes kümmerte er sich selbst um die Verletzten. Er brachte ihnen Wasser aus seinem Wagen und verarztete die beiden Kinder. Wegen des Blizzards dauerte es eine Weile, bis der Notdienst eintraf. Nach einiger Zeit traf er endlich ein und brachte die verunglückte Familie schnellstens ins nächste Krankenhaus.
Die Kinder konnten gerettet werden und auch den Eltern ging es schnell wieder gut. Oft besuchte Ted die Familie und stellte dabei fest, dass sie gar nicht weit von seiner Farm, die er mit seiner Frau Margy betrieb, lebte.

Seit dieser Zeit verbesserte sich Teds Zustand schlagartig. Er hörte keine Stimmen mehr und brauchte die starken Tabletten nie mehr einzunehmen.

Und noch etwas stellte sich heraus. Der Vater der fremden Familie war sein Bruder James, den seine Mutter kurz nach der Geburt in eine Pflegefamilie gegeben hatte, und von dem Ted nie etwas erfahren hatte …

Das Haus in den Felsen

Sandra Sheppard hatte endlich Urlaub. Und den wollte sie so richtig genießen. Aus diesem Grund hatte sie sich eine Hütte tief in den Bergen der Rocky Mountains bei „Harpers Point" gemietet. Schon der Prospekt glänzte nur so von Erholung und Frieden. Sandra wusste, dass sie sich in genau diesem kleinen Häuschen besonders gut erholen würde. Die Fahrt hingegen dauerte ewig und Sandra glaubte schon, niemals in ihrem Domizil anzukommen. Irgendwann jedoch sah sie in der Ferne die Gipfel des gewaltigen Felsmassivs, in welchem sie schon in wenigen Stunden ihren lang ersehnten Urlaub genießen würde.

Eine schmale Bergstraße schlängelte sich schier endlos zwischen den massiven Kiefernwäldern hindurch. Immer wieder hielt Sandra ihren Wagen an, um sich zu orientieren. War sie hier wirklich richtig? Ein altes verwittertes Holzschild, welches an einen Baumstamm genagelt war, wies immer geradeaus. Kein Zweifel, hier ging es lang, hier war sie richtig!

Nach einer weiteren Stunde hatte sie endlich ihr Ziel erreicht. Das alte Holzhaus stand eingerahmt von zwei riesigen Bergen, von Tannen und Kiefern eingeschlossen vor ihr. Das also war „Harpers Point" – es war einfach wunderschön! Seltsam erschien ihr lediglich, dass das Haus irgendwie anders aussah als das aus dem Prospekt. Es erschien ihr älter und recht windschief.

Dennoch wurde sie von einer alten Dame, die ihr schon entgegen kam, herzlich empfangen. „Hallo!", rief die Alte schon von weitem, „Ich bin Mrs. Johns! Hatten Sie eine gute Fahrt?" Sandra wunderte sich sehr über den merkwürdigen Aufzug der alten Dame. Ihre Kleider schienen zerlumpt und auch ihr Gesicht war fahl und zeigte leichte Schrammen. Schnell erkundigte sich Sandra, ob es ihrer Gastgeberin auch wirklich gut ging. Die vermeintliche Mrs. Johns zögerte einen Moment und meinte dann kurz, dass es ihr nie besser gegangen sei. Und weil Sandra viel von ihrer Reise zu erzählen hatte, vergaß sie schließlich, weitere dumme Fragen zu stellen. Mrs. Johns sagte, dass sie drei Meilen hinterm Wald wohnen würde und jederzeit vorbei kommen könnte, wenn es Sandra wollte. Dann verabschiedete sie sich unerwartet schnell und verschwand. Sandra schaute sich um. Wie schön es hier doch war. Dieses Blockhaus war genau das richtige für einen erholsamen Erholungsurlaub. Im Inneren des Hauses roch es nach trockenem Holz und nach abgebrannten Kerzen. Eine Steckdose und elektrisches Licht schien es nicht zu geben. Sonderbar, denn eigentlich stand im Prospekt, dass das Haus ans elektrische Stromnetz angeschlossen sei. Warum hatte sie Mrs. Johns nicht danach gefragt. Als die jedoch die entzückende kleine Zinkbadewanne erblickte, vergaß sie all diese Dinge und verspürte plötzlich einen unbändigen Drang, ein heißes Kräuterbad zu nehmen. Draußen dämmerte es bereits und der laue Abendwind bewegte sanft die Äste der Bäume. Ein seltsames Rauschen breitete sich geheimnisvoll im Inneren des Hauses aus. Sandra bemerkte es zwar, wollte sich allerdings nicht beim Baden stören lassen. Die gusseisernen, sehr antik anmutenden Armaturen der Wanne quietschten, als Sandra sie betätigte. Und die alten Glasflaschen, in welchen die Kräuteressenzen aufbewahrt wurden, schienen ebenfalls schon bessere Tage erlebt zu haben. Sie waren beschmiert und zeigten Risse. Dennoch ließ sich Sandra auch davon nicht stören. Genussvoll ließ sie sich in das heiße Wasser sinken und spielte wie ein Kind mit den aufgetürmten Schaumbergen um sich herum. Ach, wie herrlich das doch war. Davon hatte sie immer schon geträumt. Ein richtiger Urlaub in den Bergen, wundervoll. Wie sie so schwelgte, konnte sie nicht bemerken, wie ihr Handy ganz langsam das ohnehin schon recht dürftige Funknetz verlor und es draußen zu schneien begann. Immer dichter fielen die Flocken und der Wind verstärkte sich, verwandelte sich urplötzlich in einen starken Sturm. Eine halbe Stunde später fegte ein heftiger Blizzard um die alte Holzhütte und erzeugte dabei ein beängstigendes Pfeifen. Sandra tauchte zwischen ihrem Schaum hervor und lauschte. Zunächst glaubte sie noch, dass dieses sonderbare Geräusch genauso schön sei wie der gesamte Urlaub. Doch als das Pfeifen schließlich immer lauter wurde, wurde sie ängstlich und stieg irritiert aus der Wanne. Schnell hatte sie sich abgetrocknet und stand Sekunden später vorm Fenster. Sie konnte nichts mehr sehen, so dicht jagten die Schneeflocken an der Scheibe vorüber. Sollte sie Mrs. Johns anrufen? Als sie die Telefonnummer, die im Prospekt angegeben war, wählen wollte, bemerkte sie, dass ihr Handy gar kein Netz hatte. Sie fand das zwar recht merkwürdig, aber hier draußen in den Bergen, da konnte das schon vorkommen, dachte sie. Doch plötzlich erschrak sie, waren da nicht Stimmen? Zunächst ignorierte sie sie, meinte, es sei der Blizzard, der ums Haus fegte. Doch dann kamen sie wieder. Sie hörten sich beinahe so an, als würde jemand um Hilfe rufen. Was ging hier nur vor? Durchs Fenster konnte sie niemanden erkennen. Und als sie die Tür einen winzigen Spalt öffnete, um nach den Stimmen zu hören, verstummten sie wieder. Der Sturm knallte wie eine Walze gegen die Tür und Sandra hatte große Mühe, die Tür wieder zu schließen. Eigentlich wollte sie sich gemütlich in den kleinen Sessel vorm Kamin setzen, doch ihre Ruhe und ihr Frieden schienen für immer dahin. Woher nur waren diese Stimmen gekommen und warum meldete sich Mrs. Johns nicht bei ihr. Immerhin nahm der Blizzard an Heftigkeit zu. In ihrem Magen begann es zu rumoren und tief in ihrem Inneren verspürte sie ein stechendes Gefühl: Angst! Mittlerweile war es so dunkel geworden, dass sie die Kerzen auf dem kleinen runden Holztisch in der Mitte des Raumes entzündete. Wenigstens konnte sie in der bedrohlichen Dunkelheit wieder etwas sehen. Als sie sich umdrehte, traf sie beinahe der Schlag! Hinter ihr stand Mrs. Johns! Wie war sie nur so unbemerkt hier hereingekommen, und wie war sie bei diesem Wetter überhaupt zu ihr gelangt? War ihr Haus nicht drei Meilen von hier entfernt? Mrs. Johns zog ein wahrhaft ernstes Gesicht und raunte mit dunkler Stimme: „Komm mein Mädel, komm jetzt mit mir. Wir können nicht mehr bleiben." Sandra verstand nicht, was die Alte da meinte. Wieso sollte sie mit ihr kommen? Bei diesem Wetter jagte man doch keinen Hund vor die Tür. Dennoch ließ Mrs. Johns nicht locker. Eilig packte sie ein paar Sachen zusammen und drängte Sandra, mit ihr zu gehen. Die junge Frau wusste zwar überhaupt nicht, was sie davon halten sollte, tat aber, wie ihr Mrs. Johns geheißen hatte. Hastig warfen sich die beiden Frauen ihre Jacken über, schnappten die Reisetaschen und verließen das Holzhaus. Kaum waren sie im mehr oder weniger schützenden Wald verschwunden, donnerte auch schon eine mächtige Gerölllawine aus den Bergen hinter ihnen ins Tal hinab. Und dort, wo eben noch das Haus stand, war nichts mehr. Sandra verschlug es vor Schreck die Sprache, doch Mrs. Johns zerrte sie am Ärmel, was wohl bedeuten sollte, dass sie sich sputen müssten. Nach einer gefühlten Ewigkeit erreichten sie schließlich eine tiefer gelegene Stelle und es wurde langsam wieder ruhiger. Der Sturm ließ nach und die beiden Frauen fielen sich erleichtert in die Arme. Als Sandra jedoch nach dem Haus und nach ihrem Wagen fragte, schaute Mrs. Johns wieder so merkwürdig. Es sah beinahe so aus, als ob sie nie etwas davon gehört habe. Und dann ergriff Mrs. Johns schweigend Sandras Hand, und die beiden Frauen verschwanden zwischen den noch immer umherwirbelnden Flocken des Blizzards der sich eigentlich längst verzogen hatte.

Als Mr. Shepard am darauf folgenden Morgen seine Tochter Sandra anrufen wollte, um sich zu erkundigen, ob sie gut in „Harpers Point" angekommen sei, ging niemand ans Telefon. Mehrmals schaute der betagte Mann, ob er sich auch nicht verwählt hatte, doch die Nummer war richtig. Nur seine Tochter Sandra meldete sich nicht. Auch nach vier geschlagenen Stunden ging niemand ans Telefon. Irgendwann rief der besorgte Vater schließlich die Polizei.

Als die Beamten und der vollkommen aufgelöste Mr. Shepard Stunden später schließlich in den Bergen eintrafen, fanden sie das Ferienhaus bei „Harpers Point" unbeschadet und wie im Tiefschlaf träumend zwischen den Felsen und dem säuselnden Nadelwald vor. Auch Sandras Wagen stand noch dort, wo sie ihn am Vortag abgestellt hatte. Nur von ihr fehlte jede Spur. Plötzlich entdeckte Mr. Shepard ein merkwürdiges Bild, welches im Inneren des Hauses hing. Es zeigte ein altes Blockhaus, welches gespenstisch und unheimlich zwischen den Felsen ruhte. Als Shepard wissen wollte, ob jemand dieses Haus kennen würde, wurden die Beamten sehr still.

Dann meinte einer der Polizisten mit gesenkter Stimme: „Das ist das Haus der alten Mrs. Johns. Die lebte vor über hundert Jahren hier auf „Harpers Point". Eines Tages wurde die windschiefe Blockhütte von einer Gerölllawine mitgerissen und sie und ihre Tochter Silva kamen dabei ums Leben. Seitdem, sagt man, soll ihr Geist hier umherspuken und nach Silva suchen."

Und während der Beamte sprach, bemerkte Mr. Shepard eine alte Frau, die neugierig durchs Fenster schaute und sich plötzlich in Luft auflöste. Der vollkommen aufgelöste Shepard war sich plötzlich sogar sicher, neben der Alten seine geliebte Tochter Sandra gesehen zu haben. Und als man Shepard das Bild von Mrs. Johns Tochter Silva zeigte, traf den alten Mann beinahe der Schlag. Denn die damals tödlich verunglückte Tochter der umherspukenden Mrs. Johns sah seiner Tochter Sandra wie aus dem Gesicht geschnitten ähnlich ...

Blizzard

Es war tiefster Winter und die Leute sehnten sich nach dem Frühling. Es war verrückt, aber immer waren die Sehnsüchte anders als die augenblickliche Lage, mit der man fertigwerden musste. Vielleicht ließ sich so alles besser ertragen? Ich hatte die Einsamkeit daheim satt und wollte in den winterlichen Wald, der ungefähr eine Autostunde von meinem Haus in den Bergen entfernt war. Draußen hatte ein leichter Wind eingesetzt, was mich allerdings nicht abhielt, in den Wagen zu steigen, um einfach los zu fahren. Ich hatte mich warm angezogen und bemerkte, dass der Wind immer stärker wurde. Das Schneetreiben glich beinahe einem Blizzard und ich hätte eigentlich wieder heimfahren sollen. Doch die Vorstellung, in wenigen Minuten schon durch den Winterwald zu stapfen ließ mich einfach weiterfahren. Das Schneegestöber auf der schneeglatten Straße wurde stärker und stärker. Glücklicherweise erreichte ich unbeschadet den Wald und hielt den Wagen an. Das Pfeifen des Sturmes drang in meinen geheizten Wagen, und ich hatte plötzlich wenig Lust auszusteigen. Ich tat es dennoch, schlug den Kragen meines Wollmantels bis unters Kinn und zog meine Strickmütze tief ins Gesicht. Es hatte zu dämmern begonnen, oder war das der Schneesturm, der die Sonne verdunkelte. Gespenstisch ragte das düstere Bergmassiv hinter dem Wad empor und wollte mir wohl sagen, einfach wieder umzukehren. Ich tat es nicht, schaute nervös auf meine Armbanduhr. Sie schien stehen geblieben zu sein, denn der Sekundenzeiger bewegte sich nicht mehr. Ich weiß heute nicht mehr, was mich dazu bewog, bei diesem gefährlichen Mistwetter dennoch loszulaufen. Vielleicht war es Abenteuerlust, oder einfach nur Irrsinn- keine Ahnung. Ich schloss den Wagen ab und stapfte los. Im Wald war es noch dunkler als an der Stelle, wo ich den Wagen abgestellt hatte. Und obwohl ich den Wald an dieser Stelle genau zu kennen glaubte, verlief ich mich. Ziellos irrte ich durch den tiefen Schnee und wusste einfach nicht mehr, woher ich gekommen war. Wegen der Aufregung und des Herumlaufens fror ich wenigstens nicht, dennoch wollte ich schnellstens wieder zurück. Die Bäume bogen sich knarrend unter der enormen Schneelast, und die Berge konnte ich schon lange nicht mehr erkennen. Immer wieder fielen Äste herab und ich hatte Mühe, ihnen rechtzeitig auszuweichen. Endlich erreichte ich eine kleine Lichtung, aber die wurde von Bäumen eingegrenzt – und einen Weg gab es längst nicht mehr. Der Schnee lag hier so hoch, dass ich beinahe darin versank. Plötzlich glaubte ich, zwischen dem heftigen Rauschen der Bäume und dem lauten Surren des Sturmes eine Stimme herauszuhören. Konnte das überhaupt möglich sein? War tatsächlich noch jemand so dumm, durch den Wald zu laufen? Suchend schaute ich mich nach allen Seiten um. Doch durch den meterhoch aufgewirbelten Schnee konnte ich einfach nichts erkennen. Immer wieder wischte ich mir die Brille sauber und schob den Schnee von meinen pulsierenden Wangen. Doch so sehr ich mich auch anstrengte, ich konnte niemanden sehen. Rufen schien wohl zwecklos zu sein, denn das Pfeifen des Blizzards war zu laut - es würde niemand hören. Krachend landete ein dicker Ast vor meinen Füßen und ich bekam schon Angst, nicht mehr heil aus dem Wald zu gelangen. Als ich ein Gebüsch beiseite drückte, traf mich beinahe der Schlag. Vor mir stand ein alter Mann und grinste mich an. Mir war absolut nicht zum Lachen zumute – wie kam dieser Alte nur hierher? Offenbar hatte ich mich nicht geirrt, denn die Stimme, die ich eben gehört hatte, musste diesem Greis gehören. Mir fiel auf, dass unterdessen der Schneesturm ein wenig nachgelassen hatte. Wenigstens konnte ich den Alten fragen, wieso er bei diesem Wetter durch den Wald lief. Der Mann schüttelte seinen weißhaarigen Kopf und sagte dann mit zittriger Stimme: „Ach mein Junge, ich wollte wie du ein wenig spazieren gehen, einfach den Kopf frei bekommen, das wollte ich. Allerdings ist es gefährlich, im Dunkeln, und dann auch noch allein hier herumzusteigen." Ich starrte den Alten mit offenem Munde an und wunderte mich sehr, dass er wusste, dass ich einfach nur so in den Wald gekommen war. Schnell fasste ich mich wieder und fragte, wie ich am schnellsten wieder zum Waldrand käme. Der Alte verzog sein Gesicht und grinste wieder so seltsam. Doch es war ganz komisch, denn obwohl er so unvermittelt vor mir stand, fürchtete ich mich nicht vor ihm. Im Gegenteil, in seiner Gegenwart fühlte ich mich ganz seltsam ruhig und absolut sicher. Ich sagte ihm das nicht, sondern holte tief Luft, so, als ob ich etwas sagen wollte. Der Alte schien mich zu verstehen und meinte dann leise: „Komm, wir gehen ein Stück. Dann wird uns die Zeit nicht so lang und wir finden vielleicht den Weg zurück." Wortlos lief er los und ich folgte ihm, als wäre ich sein Sohn. Brav trat ich in seine Spuren und war selig, ihn getroffen zu haben. Der Schneesturm schien sich verzogen zu haben, aber plötzlich knackte es laut hinter uns. Erschrocken fuhr ich herum, konnte jedoch nichts entdecken, was das Geräusch eventuell verursacht hätte. Dafür erschrak ich erneut, denn die Spuren, die der Alte im Schnee hinterließ, in welche ich schließlich trat, verschwanden wie von Geisterhand verwischt hinter uns. Es war so, als seien wir nie hier gewesen. In diesem Augenblick wusste ich, dass irgendetwas nicht mit rechten Dingen zuzugehen schien. Ich sagte jedoch nichts, trottete schweigend hinter dem Alten her. Die verrücktesten Gedanken schwirrten mir im Kopf herum. Vielleicht war es ja ein Einsiedler, der sich freute, auf seine alten Tage noch etwas Verrücktes erleben zu können. Ich war vielleicht sein gefundenes „Opfer". Endlich schienen wir am Waldrand angekommen zu sein. Und tatsächlich, zwischen den Bäumen erkannte ich meinen schneebedeckten Wagen. Selt-

sam, dass der Alte genau wusste, woher ich gekommen war. Ich wollte ihn danach fragen, doch
da rief er schon: „Na da hast du aber Glück gehabt, Jungchen. Dein Auto ist noch intakt. Steig
schnell ein und fahr heim. Ich werde so lange
aufpassen, dass nichts geschieht." Ich war zu
erschöpft, um den Alten zu fragen, wie er das
gemeint hatte. Ich bedankte mich brav und stieg
ins Auto. Beim Abfahren winkte ich ihm noch
einmal zu und bemerkte, dass er sich die Augen
wischte. Hatte er etwa geweint? Mühelos gelangte ich auf die Straße zurück. Doch plötzlich, als
sei es nie anders gewesen, setzte der Blizzard
wieder ein. Glücklicherweise war es nicht mehr
weit bis nach Hause, und ich schaffte es, ohne
Schrammen die stark verschneite Straße heimzu-
fahren. Als ich es mir nach einer richtig ange-
nehmen warmen Dusche so richtig gemütlich auf
meinem Sofa machte, um fernzusehen, stutzte
ich. Gerade wurde über den Blizzard berichtet,
der draußen tobte. Man zeigte den Wald, aus
welchem ich soeben gekommen war. Die Mode-
ratorin zog ein düsteres Gesicht als sie sprach:
„Ein riesiger Teil des Waldes wurde vor einer
Stunde von einer gewaltigen Lawine, die von
dem hohen Bergmassiv hinter dem Wald herun-
tergedonnert war, begraben. Bäume wurden wie
Streichhölzer umgeknickt und für Menschen, die
sich im Wald befunden hatten, gibt es keine
Chance." Entgeistert starrte ich auf den Bild-
schirm und konnte nicht glauben, was ich da sah.
Genau dieses Waldstück, in welchem ich eben

noch war, gab es nicht mehr. Wie war das nur möglich? Wusste der Alte vielleicht …?

Tage später, ich hatte das Erlebnis ein wenig verdrängt, war ich bei meiner Mutter in der Stadt. Ich hatte natürlich eine Menge zu erzählen. Besonders das verrückte Erlebnis mit dem Alten und der Lawine musste ich unbedingt loswerden. Mutter tröstete mich und meinte dann beruhigend, dass es schon seinen Sinn hatte, dass der alte Mann zur Stelle war. Und weil es so gemütlich war und ich mein Leben irgendwie ganz neu zu schätzen begann, holte Mutter das alte Fotoalbum aus dem Regal. Stundenlang schauten wir uns die alten Bilder an und erinnerten uns an die Zeit vor vielen, längst vergangenen Jahren. Plötzlich durchzuckte mich ein Blitz! Ein altes, fast schon vergilbtes Foto erzeugte eine Gänsehaut bei mir. War das da auf dem Bild nicht der Alte, der mir im Wald geholfen hatte? Kein Zweifel, die weißen Haare, dieses seltsame Grinsen, er war es! Er stand neben meinem Großvater, als der noch recht jung war, genau vor dem Wald, in welchem ich dieses sonderbare Erlebnis hatte. Nervös erkundigte ich mich bei meiner Mutter, wer dieser alte Mann sei. Mama schaute mich erstaunt an und meinte dann: „Das ist der Bruder deines Großvaters. Er war ein richtig guter Mensch, der hier, ganz in der Nähe lebte. Leider ist er schon seit vielen Jahren tot. Er starb bei einem Blizzard, der eine Lawine ausgelöst hatte, die ihn schließlich unter sich begrub."

Die Hand des Bösen

Vor langer Zeit, als sich die Erde noch entwickelte und es noch keine Menschen gab, hatte es sich zugetragen, dass aus den schwarzen Tiefen des Universums eine riesige Hand durchs Universum fuhr. Es war das Böse, das nach dem Guten suchte, um es zu vernichten. Wer die Hand lenkte, war nicht zu erkennen. Doch sie bewegte sich stetig und ohne Unterlass durch die unergründlichen und unermesslichen Weiten der zahllosen Galaxien. Schließlich traf sie auf die noch junge Erde und sie sah, wie dutzende Vulkane auf ihr eine Atmosphäre begannen zu bilden. Die Hand spürte, dass es das Leben war, das sich auf diesem kleinen Planeten herausbildete. Sie fühlte, dass es das Gute war, dass da entstand und sie wollte es vernichten. Schon holte sie zum vernichtenden Schlag aus und zielte geradewegs auf den Planeten. Doch die stetige Bewegung des Planeten um die Sonne bewirkte, dass die Hand den Planeten leicht verfehlte und nur ein Stück des Planeten abschlagen konnte. Sie glaubte jedoch, den Planeten für immer vernichtet zu haben und zog sich in die Tiefen des Universums zurück. Dorthin, woher sie einst gekommen war. Die beiden Bruchstücke des Planeten, ein kleines und ein großes, trieben seitdem umeinander und es formten sich über Millionen von Jahren die Erde und der Mond. Er umkreist den Planeten und zieht wie ehedem die Meere an und lässt sie wieder frei. Man nennt dieses Phänomen Ebbe und Flut und immer, wenn Menschen traurig oder glücklich sind, schauen sie sehnsuchtsvoll in den schwach leuchtenden Mond und haben Tränen in den Augen. Und immer dann, wenn sich auf der Erde das Böse formiert, um zum Schlag gegen das Gute zu wappnen, gleitet der Mond darüber hinweg und versucht, alles wieder zu glätten.

Es war im Jahr 2222, als sich die Menschen derart verstritten hatten, dass sie nicht mehr gemeinsam auf der Erde leben konnten. Die Bösen vertrieben die Guten, die fortan auf dem Mond ihre Zuflucht fanden. Doch der Mond war viel zu klein für all die vielen guten Menschen und sie wollten wieder zurück auf die Erde. Doch die bösen Menschen hatten Waffen entwickelt, die mit ihrer verheerenden Wirkung alles Leben vernichten konnten. Deswegen gelang es den Guten nicht, die Erde wieder zu bevölkern. Traurig lebten sie in ihren engen kleinen Mondstädten und mussten zusehen, woher sie die Rohstoffe zur Energiegewinnung und letztendlich zur Bewirtschaftung des toten Mondgesteins beschafften. Immer weiter gelangten sie bei ihrer Suche ins Universum und irgendwann stießen sie auf ein Areal, welches von Ferne wie eine unfassbar große, leuchtende Gaswolke aussah. Die Raumfahrer begriffen nicht, was es war und flogen mitten in die Gaswolke hinein. In einer wabernden Masse entdeckten sie eine riesige schwarze Hand. Sie lag regungslos in der schmatzenden Masse und die Raumfahrer glaubten, es sei lediglich eine überdimensionale Gesteinsformation, die vollkommen gefahrlos war. Doch sie irrten gewaltig, denn die vermeintliche Gesteinsformation war die Hand des Bösen, die nur auf die guten Menschen gewartet zu haben schien. Als die Raumfahrer über sie hinweg glitten, holte sie aus und schnappte nach dem Raumschiff der Menschen. Nur einem Zufall war es zu verdanken, dass das Raumschiff dieser Hand entkommen konnte. Doch es war schwer beschädigt worden und kaum noch manövrierfähig. Es trieb durch die dichte Gaswolke und hatte vollkommen die Orientierung verloren. Die Raumfahrer glaubten, ihre Heimat, den Mond niemals mehr wieder zu sehen. Doch es war ganz seltsam- sie entdeckten, dass die schwarze Hand ihren Ursprung in einem riesigen schwarzen Loch hatte, welches sich im Zentrum der fremden Galaxis befand. Das musste der Zugang zur Hölle, zum Teufel sein. Wenn es den Menschen gelänge, diesen Zugang für immer zu verschließen, dann könnte diese Hand auch nicht mehr leben und das Böse wäre für alle Ewigkeiten besiegt. Aber wie konnte man ein solch riesiges kosmisches Objekt wie dieses schwarze Loch verschließen?

Es schien vollkommen unmöglich und mit den Mitteln, die die Menschen zur Verfügung hatten, unerreichbar. Da wurden die Raumfahrer so traurig, dass sie bitterlich weinten. Sie konnten sich einfach nicht mehr beruhigen und weinten

hundert Tage und hundert Nächte und irgendwann hatten sie so viele Tränen geweint, dass die
Automatik des Raumschiffes all diese Tränen
nicht mehr in verwendbares Wasser umwandeln
konnte oder gar anderweitig zu verarbeiten vermochte. So musste all das salzhaltige Tränen-
wasser ins All abgelassen werden. Ein riesiger
Schwall ergoss sich in die Schwerelosigkeit des
Raumes und zerfiel in die kleinsten Kristalle. Da
es derart viele Tränen waren, war es auch ein
riesiger Kristallschwall, der durchs All flog. Wie
magisch wurde er von dem starken Schwerefeld
des schwarzen Lochs angezogen und drang
schließlich wie ein scharfer Pfeil in dieses Loch
ein. Doch da geschah etwas Seltsames: die Myri-
aden von Kristallen, welche die guten Menschen
einst geweint hatten, vermochten sich nicht mit
dem Bösen in diesem schwarzen Loch zu verbinden. Es war, als würde Antimaterie auf Materie treffen und eine unglaublich heftige Explosion vernichtete das schwarze Loch. Das gesamte
Areal wurde neutralisiert und die Hand verging
bevor sie die guten Menschen vernichten konnte.
Sie verschwand einfach wie das schwarze Loch
in der Unendlichkeit. Augenblicklich löste sich
die Gaswolke auf und verfrachtete durch die
Wucht ihrer Explosion das manövrierunfähige
Raumschiff der guten Menschen zum Erd-Mond
zurück. Dort hatte sich bereits Merkwürdiges
ereignet. Der Mond war auf die Erde gestürzt
und hatte sich mit ihr vereinigt. Der einstige
Zauber der bösen Hand war durch die Vernich-

tung des schwarzen Lochs beseitigt worden und es gab keine Trennung mehr. Das Gute hatte gesiegt und die Menschen lebten fortan in Ruhe und Frieden, in Eintracht und Liebe miteinander auf der blühenden, fruchtbaren Erde. Als eines fernen Tages ein junger Astronom die Grenzen des Universums untersuchte, stellte er eine sonderbare Erscheinung fest. Am Rande des Universums, am Rande aller Zeiten hatten sich mysteriöse Schatten formiert, die vor sich hin pulsierten wie die Zeiger einer überdimensionalen Uhr. Der Astronom konnte sich das nicht erklären, waren doch nach dem Zerbersten des schwarzen Lochs auch alle übrigen schwarzen Löcher des Universums vernichtet worden. Doch als er genau hinsah und die Leistung des Teleskops noch ein wenig verstärkte, erstarrte er vor Schreck! Was er dort draußen am Rande des Universums erblickte, waren die Fingerkuppen einer unfassbar riesigen Hand, die das gesamte Universum in sich zu tragen schien …

Das Luftschiff

Was war das eigentlich, dieses Leben? Agatha saß am Fenster ihrer kleinen Zweizimmerwohnung mitten in Berlin und wusste es plötzlich gar nicht mehr so genau. Sie schaute hinunter auf die stark befahrene Straße und hatte plötzlich Tränen in den Augen. Sie fühlte sich schwach und irgendwie müde, sehr müde. So als wollte sie schlafen, einfach nicht mehr weiter leben. Doch sollte sie wirklich sterben? Immerhin war sie vierundneunzig Jahre alt geworden. Und sie hatte wirklich viel erlebt. Doch nach all diesen Strapazen, nach der Flucht aus Schlesien, nach diesem unseligen furchtbaren Krieg und den unzähligen Verlusten, sollte sie nun wirklich gehen? Ausgerechnet jetzt, wo die Welt um sie herum so friedlich war, so schön. Konnte sie wirklich alles zurück lassen? Sie wusste, dass es an der Zeit war, den Jungen diese wunderschöne aufregende Welt zu überlassen. Und sie sagte immer: „Wir Alten haben genug geleistet. Jetzt sind die jungen Leute dran!"

Dabei beobachtete sie eine junge Frau, die ihr Baby auf den Armen trug und lachte. Und sie erinnerte sich an damals, in den schweren Jahren, als sie ihren Sohn bekam. Es war weiß-gott nicht einfach und schon gar nicht leicht. Und es war Krieg! Damals in Breslau, und dann hieß es: wir müssen raus, einfach so, raus aus der Heimat, fort von alledem, was man kannte. Wieso eigentlich? Hätte man dort nicht einfach sterben sollen? Es war doch die Heimat! Die lässt man doch nicht einfach so zurück und geht. Traurig schloss sie ihre Augen und Tränen rannen ihr übers faltige Gesicht. Sie lebte allein in dieser kleinen Wohnung in Charlottenburg. Ihr Mann Friedrich, der Fliegerpilot war, galt seit dem Kriege als vermisst. Und Frank, ihr Sohn, der lebte längst in Amerika und hatte selbst eine Familie und einen tollen Job. Ach ja, Amerika, vielleicht hätte sie auch dorthin flüchten sollen? Damals, als sie es noch konnte, als sie noch die Kraft dazu hatte. Doch, wäre das richtig gewesen? Wäre sie wirklich so stark gewesen? Andere waren es schließlich auch. Sie wischte sich die Tränen aus den Augen und stand auf. Es schien alles so anders zu sein an diesem sonderbaren Morgen. Was war das nur? Sie spürte ihren Herzschlag. Er war noch genauso stark wie ehedem. Die alten Fotos, ja, die alten Fotos würde sie jetzt gern betrachten. Wo waren die doch gleich? Hatte sie die nicht vor Jahren in einem Plastiksack in den Keller verfrachtet? Langsam schlürfte sie in ihren alten, doch so liebgewonnenen Lama-Hausschuhen, den Flur entlang. Im Treppenhaus war es still, seltsam still. Sie nahm den Kellerschlüssel vom Schlüsselbrett und stand schweigend an der Wohnungstür. Irgendetwas war anders. Noch einmal schaute sie sich um, schaute zu der alten Kommode, zu dem alten Küchenschrank, alles sah so friedlich aus. Was war das nur? Noch nie fühlte sie sich so gut und so entschlossen. Sie wollte unbedingt in den Keller, um die alten Fotos anzuschauen. Vorsichtig öffnete sie die Wohnungstür. Sie knarrte und langsamen Schrittes tapste Agatha die Holztreppe nach unten. Keiner der Nachbarn kam ihr entgegen. Ein modriger Geruch zog durch die Kühle des Treppenhauses. Es roch nach alten Möbeln und vergammeltem Holz. Kurz vor der Kellertür blieb sie stehen. Durch ein Hausfenster konnte man nach draußen sehen. Man konnte genau in den Innenhof schauen. Aber was war das? Irgendwie sah an jenem Morgen selbst dieser langweilige triste Hof anders aus als sonst. Und plötzlich schob sich ein riesiger Schatten über die alten wackeligen Mülltonnen, die wie ein Soldatenspalier neben einem alten ausrangierten Schrank standen. Agatha erschrak sich ein wenig, war das eine Regenwolke, die sich vor die Sonne schob? Irritiert schaute sie nach oben und kam aus dem Staunen gar nicht mehr heraus. Vom Himmel senkte sich ein riesiger zigarrenförmiger Flugkörper nach unten. Agatha war sich nicht sicher, doch sie hatte so etwas schon einmal gesehen. Damals war's, ja, da hatte sie so etwas schon einmal bewundern können. Diese Zigarre ähnelte verdächtig einem Luftschiff, einem alten Zeppelin. Und tatsächlich, diese riesige Zigarre war ein Zeppelin. Neugierig öffnete sie die Haustür. Für einen Moment schienen die alten Fotos, die im Keller schmorten, vergessen. Dieser Zeppelin war viel interessanter und viel greifbarer als die längst vergilbten Bilder aus ihrer Jugendzeit. Der Zeppelin landete genau vor der Hintertür des

Hauses. Doch es war ganz seltsam – irgendwie schien keiner der Anwohner dieses Schauspiel zu bemerken. Nirgendwo öffnete sich ein Fenster und kein Mensch starrte neugierig auf den Hof. Niemand war zu sehen, nur dieser Zeppelin thronte wie ein Bote aus einer anderen Welt inmitten des Innenhofes. Agatha trat hinaus in den Hof und spürte die würzige Luft, die ihr um die Nase wehte. Es war alles so wie damals, im Sommer 1938. Ja, da hatte sie auch auf einem solchen Hof gestanden, in Breslau, und sie hatte dieses wundersame Luftschiff sehen können, welches leise brummend über die staunenden Köpfe der Einwohner glitt. Und nun war es wieder da. Agatha lief die wenigen Schritte bis zur Gondel des Zeppelins. Ihr fiel ein, dass sie sich nicht einmal umgezogen hatte.

Mit ihrer dicken Strickjacke bekleidet und den alten löchrigen Hausschuhen stand sie vor der Gondel und freute sich. Plötzlich öffnete sich die Tür und ein junger Mann in einer dunkelblauen Uniform trat aus dem Inneren. Agatha traf beinahe der Schlag. „Friedrich!", rief sie laut und fast wäre sie zusammengebrochen, wenn sie der gut aussehende stolze junge Mann nicht aufgefangen hätte. Agatha sank in seine starken Arme und augenblicklich fühlte sie sich so leicht und so geborgen wie schon seit Jahren nicht mehr. Sie lächelte und ihre Augen waren plötzlich nicht mehr traurig und leer. Es war ihr Friedrich, der eigentlich seit den fürchterlichen Kriegstagen als vermisst galt. Irgendwie musste er zurückgekommen sein. Aber wie war das nur möglich? Es war ihr egal und Friedrich trug sie ins Innere der Gondel. Behutsam legte er seine Agathe auf ein Sofa, welches mit einer silbernen Seidendecke bedeckt war. Dann schob er einen Stuhl an das Sofa und setzte sich. Lange beobachtete er Agatha und sprach doch kein Wort dabei. Als sie ihre Augen öffnete, schaute sie in Friedrichs gutmütiges Gesicht und war so glücklich. Es war wohl das Allerschönste, was sie seit Jahren erleben durfte, Friedrich war zurückgekehrt! Und es schien ihm gut zu gehen. Sicher war er der Kommandant dieses Zeppelins. Ganz bestimmt, es musste so sein, es sollte so sein! „Was mache ich hier?", flüsterte sie ganz leise. Und Friedrich nahm ihre Hand und drückte sie fest an sein Herz. „Wir fliegen nach Hause.", antwortete er dann und als Agatha aus einem der Bullaugen schaute, bemerkte sie, dass sie flogen. Das Luftschiff flog durch dicke weiße Wolken und Agatha hatte keine Angst. Sie wollte auch nicht mehr in ihre einsame Wohnung zurück. Sie wollte nur eines noch: jetzt und für immer bei ihrem Friedrich bleiben und träumen. Plötzlich rief Friedrich: „Schau, dort unten, Breslau, unsere Heimatstadt!" Agatha erhob sich und Friedrich nahm sie in die Arme. Gemeinsam schauten sie auf die spitzen Kirchtürme ihrer Stadt. Ja, das war Breslau, so wie es damals war. Genauso hatte sie es auch in ihren Erinnerungen immer gesehen. Und plötzlich schlug eine der Kirchturmglocken und Agatha erinnerte sich, so war es immer, wenn sie von Mutter am Sonntag geweckt wurde. Es war genau dieser Kirchturmglockenklang und der Geruch nach Gräsern und Blumen, das Summen der Bienen und irgendwo flog ein einsamer Flieger in den blankgeputzten Sommerhimmel hinein. Ja, das war Sonntag, so wie sie ihn liebte! Friedrich küsste Agatha auf die Stirn und flüsterte: „Schau noch einmal genau hin. Siehst Du dort unten, da ist Deine Mutter, sie geht mit Dir in die Kirche, und sie trägt ihr schönstes Kleid."

Agatha musste sich nicht einmal anstrengen, um all das zu sehen. Auf dem Bürgersteig lief tatsächlich ihre Mutter. Und das kleine Mädchen, welches sie an der Hand hielt, das war Agatha, das war sie selbst! Friedrich hatte ihr die Kindheit zurück gebracht. Und all die vielen Erinnerungen, die sie aus der Kinderzeit noch hatte. Es war unglaublich aber wahr. Und der Zeppelin flog über die Stadt und driftete über die Felder und all die dichten Wälder von Agathas schlesischer Heimat. Was für ein wundervolles Land, dieses Land ihrer Kinderzeit. Dieser faszinierende Traum durfte einfach nicht mehr vergehen. Friedrich schaute Agatha lange an und sagte dann: „Und hier werden wir beide nun bleiben." Über einer grünen Wiese senkte sich der riesige Leib des Zeppelins und landete zwischen unzähligen bunten Blumen. Agatha und Friedrich verließen die Gondel und legten sich in das duftende Gras. Lange schauten sie einfach nur in den Himmel und zählten die kleinen weißen Schäfchenwolken, die wie die Erinnerungen an die alten Zeiten vorüber schwammen. Die beiden hielten sich fest an den Händen und von fern erklang das Geläut der Glocken. Und es war Sonntag, so ein Sonntag, wie Agatha ihn so oft erlebt hatte, als sie noch klein war. Und das Luftschiff erhob sich und verschwand alsbald zwischen all den vielen Schäfchenwollen, inmitten der unzähligen Träume der beiden Liebenden. Doch diese rätselhafte wunderschöne Blumenwiese war nicht einfach nur eine Wiese. Was den beiden verborgen blieb, war die Tatsache, dass sie auf einem Friedhof lagen, zwischen den herrschaftlichen und wohl gepflegten Gräbern. Und ab und zu kam Agathas Sohn und goss die Blumen auf dem Grab seiner geliebten Mutter. Als er eines Tages frische Blumen auf dem Grab pflanzte, fiel ihm ein Siegelring auf. Er lag einfach so zwischen den weißen Kieselsteinen und als er ihn aufhob und betrachtete fielen ihm die eingravierten Worte auf. Fassungslos und mit Tränen in den Augen las er: „Für meine geliebte Agatha. Dein Friedrich." Und es schien ein Wunder zu sein, denn der Zeppelin war während des Krieges einst mit Friedrich als Kommandant über einem Feld in der Nähe von Breslau abgestürzt …

Sturmflut

Johnny Rosen hatte sich ein wunderschönes Haus am Strand von Pipers Beach gekauft. Von dort hatte er einen wunderbaren Blick über die Bucht, denn das Haus stand auf einem Felsen. Unterhalb des Felsen prallte die Brandung schäumend gegen die Steilküste. Was für ein Ausblick, genauso hatte er sich sein Leben vorgestellt. Leben wie im Urlaub. Und täglich war am Strand unterwegs, um sich dem rauen Wind und dem wilden Meer hinzugeben. Manchmal war das Wetter sehr schlecht, so das im Haus bleiben musste. Besonders bei Sturm lohnt es nicht, draußen herum zu laufen. Dann flogen schon einmal Baumstämme und andere größere Gegenstände durch die Luft.

Es war im Herbst 2004. Johnny kam von einer Segeltour mit Freunden zurück. Schon draußen auf dem Wasser hatten sie bemerkt, dass ein Sturm aufzog. Nur mit großer Mühe war es ihnen schließlich doch noch gelungen, das Boot zu wenden und zurückzukehren. Allerdings preschten immer höhere Wellen gegen die Felsen unterhalb von Johnnys Haus. So gefährlich war es wohl noch nie. Johnny zog sich in sein Haus zurück.

Er wollte es sich auf seinem Sofa bequem machen und hatte sich ein spannendes Buch aus dem Regal genommen. Da geschahen plötzlich merkwürdige Dinge. Das Licht flackerte und schließlich fiel der Strom gänzlich aus. Johnny nahm seine Taschenlampe, ging zum Sicherungskasten und schaute nach. Die Sicherungen jedoch waren unbeschädigt und nichts deutete auf einen Schaden hin. So holte er eine Kerze und setzte sich wieder auf sein Sofa. Im düsteren Licht des Kerzenscheins las er einfach weiter. Plötzlich aber fuhr eine Windbö durch den Raum und blies die Kerze aus. Johnny begriff nicht, was da geschah. Denn er hatte alle Fenster geschlossen und es stand auch keine Tür offen. Obwohl er das wusste, schaute er noch einmal nach. Vielleicht hatte er ja doch irgendwo in seinem Haus etwas übersehen. Doch es war so, wie er es sich bereits dachte, alle Fenster und Türen waren verschlossen. Johnny wusste nicht, was er tun sollte und zündete die Kerze einfach wieder an. An der spannendsten Stelle seines Krimis fuhr erneut eine heftige Windbö durchs Haus. Das Licht der Kerze verlosch und ein Bild, welches die malerische Bucht mit seinem Haus darauf zeigte, fiel von der Wand. Johnny erschrak und konnte sich einfach nicht erklären, was in seinem Hause da vor sich ging. Wieder ging er durchs Haus und schaute in jedem noch so kleinen Ritz nach, ob da vielleicht der Sturm hindurch pusten konnte. Nirgends aber fand er eine solche Stelle. Nur der immer heftiger werdende Orkan knallte mit unverminderter Härte gegen die Fenster des Hauses. Johnny kam das alles sehr komisch vor, und er hatte auch große Bedenken, ob die Fenster dem Druck des Sturmes standhalten könnten. Sollte er etwas unternehmen, um die Fenster besser abzudichten? Sollte er etwas vor die Fenster schieben oder Leisten über die Fenster nageln, damit sie nicht mehr ausprangen? Vielleicht hätte er ja im Vorfeld bereits Fensterläden anbringen sollen, die er jetzt schließen konnte. Von fern hörte er das Rauschen der heftigen Brandung. Es musste ein Höllensturm sein. So einen heftigen Orkan hatte er an dieser Steilküste noch nie zuvor erlebt. So grauenvoll musste sich der Weltuntergang anhören.

Immer wieder lief er sorgenvoll durchs Haus und kontrollierte ständig die Fenster und Türen.

Vielleicht sollte er wenigstens eine Tür offen halten, um den Druck gegen das Haus abzumindern? Aber vielleicht war auch das umsonst. Gerade wollte er in seine Küche gehen, um sich einen Kaffee zu zubereiten, da krachte plötzlich die offenstehende Küchentür wieder zu. Irgendetwas fuhr in die Regale, wo er Tassen und Teller aufbewahrte. Scheppernd und krachend fiel all das zu Boden. Erschrocken wich Johnny zurück – was ging hier nur vor?

Er wollte ins Wohnzimmer, um nachzuschauen, ob die vermeintliche Windbö dort ebenfalls gewütet hatte. Doch die Tür zum Wohnzimmer ließ sich nicht öffnen. Nur die Haustür wurde plötzlich wie von Geisterhand aufgerissen. Wie konnte das möglich sein? War der Sturm so heftig, dass er sogar die verriegelte Haustür aufstoßen konnte? Warum aber waren dann nicht auch die Fenster aufgesprungen? Ihm wurde die Sache zu gefährlich. Hastig zog er sich seine Jacke über, nahm die Schlüssel seines Jeeps an sich und verließ das Haus durch den Kellerausgang. Dort blies der Sturm nicht gar so heftig und konnte relativ sicher bis zum Auto laufen. Allerdings konnte sich auch der Wagen kaum gegen die unglaublich starken Windböen wehren. Immer wieder wurde er von der Straße gedrückt. Unter den Bäumen, die noch standhielten, hielt er schließlich den Wagen an. Doch was er dann erlebte, konnte er einfach nicht fassen. Die Brandung unterhalb des Felsens, auf welchem sich sein Haus befand, schlug derart heftig gegen die Felsen, dass diese nicht mehr standhalten konnten. Tosend und splitternd krachte ein riesiges Stück des Felsens ab. Es war das Stück, worauf sein Haus stand. Zunächst neigte sich der Fels ein wenig zur Seite. Die nächste Welle aber nahm den Felsen und das Haus darauf mit sich. Augenblicklich verschlang die tosende Brandung das gesamte Anwesen. Zu Tode erschrocken starrte Johnny auf das grausige Szenario. In Sekundenschnelle waren sein Haus und der ganze Fels in den Fluten versunken. Wäre er nur eine Minute länger im Haus geblieben, er wäre darin umgekommen, denn aus der wilden peitschenden Brandung gab es keine Rettung mehr. Als sich der Orkan legte, fuhr Johnny noch einmal die wenigen Meter zurück zum Rest des Felsens, der noch stand. Von dort schaute er in die Tiefe. Noch immer tobte die Brandung und schlug mit unverrichteter Kraft gegen die Felsen. Dort unten irgendwo lagen also nun seine Sachen. Und alles war hinüber, alles war verloren. Dennoch war er froh, dass er dieses Unglück so schadlos überlebte. Plötzlich stand ein alter Mann neben ihm auf dem Felsen. Johnny erschrak, wo war der fremde Mann so plötzlich hergekommen? Er hatte ihn doch gar nicht bemerkt. Der Fremde sprach: „Na, da haben Sie ja noch einmal Glück gehabt, was?" Johnny nickte und konnte sich das seltsame Verhalten des Alten nicht erklären. Machte der sich nur lustig über ihn oder hatte er ebenfalls mit Mühe und Not diesen verheerenden Sturm überlebt? Der Alte lachte und meinte dann: „Ist schon schlimm, wenn man alles verliert, ich kenne das. Ging mir vor vielen Jahren ebenso. Aber machen Sie sich nichts draus. Es geht immer weiter. Hier, nehmen sie das Bild, es ist sehr wertvoll. Ich hab´s damals retten können. Aber nun brauche ich es ja nicht mehr, ich schenke es Ihnen! Es soll Ihnen Glück bringen. Aber jetzt muss ich gehen. Also, viel Glück!" Johnny nahm das zusammengerollte Bild an sich und wollte sich bei dem Alten bedanken. Doch als er aufschaute war der Alte nicht mehr da. Johnny schaute sich nach allen Seiten um. Doch er stand ganz allein auf dem Felsen. Wer war das nur? Und wohin war er gegangen? Johnny fuhr ins etwas weiter entfernte Dorf und wurde sofort sorgenvoll in Empfang genommen. Der Wirt sagte aufgeregt: „Wir haben uns schon Sorgen um Sie gemacht. Gerade wollten wir aufbrechen, um nach Ihnen zu sehen. Glücklicherweise ist Ihnen nichts passiert."

Als Johnny von dem schweren Unglück mit seinem Hause erzählte, waren alle sehr betroffen. Der Wirt bot ihm sofort ein Zimmer in seiner kleinen Pension an und Johnny nahm dankend an. Er war sehr glücklich, dass man ihm in dieser schweren Stunde half. Bis er ein neues Domizil gefunden hatte, konnte er in der Pension kostenlos wohnen.

Doch seine anfängliche Freude wich sehr bald schon tiefer Verzweiflung, denn woher sollte er das Geld für eine neue Unterkunft nehmen. Sein Haus auf den Felsen hatte all seine Ersparnisse verschlungen. Und auf der Bank hatte er gerade mal noch so viel Geld, um nicht verhungern zu müssen. Niedergeschlagen saß er am Fenster seines Pensionszimmers und starrte auf den Weg vorm Haus. Da fiel ihm plötzlich das Bild ein, welches er von dem Fremden geschenkt bekam. Es stand noch immer zusammengerollt in der Ecke neben dem Garderobenständer. Schnell holte er es hervor und rollte es auf. Aus dem Inneren der Rolle rutschte eine kleine Schatulle und fiel polternd auf die hölzernen Dielen. Johnny hob sie auf und stellte sie auf den Tisch. Mit großem Erstaunen betrachtete er sich dann das seltsame Bild. Es zeigte die Bucht und den Felsen, wo einst sein Haus stand. Doch auf dem Felsen stand ein völlig fremdes Haus, welches er nicht kannte. Irritiert nahm er die Schatulle und öffnete sie. Darin befand sich eine wertvolle goldene, mit Diamanten besetzte Uhr. Und Johnny verstand nicht, wieso der alte Mann ihm all das geschenkt hatte. Er bewahrte die Schatulle zunächst auf und sprach nicht darüber. Stattdessen nahm er das Bild und ging damit zum Pensionswirt. Er wollte ihn fragen, ob er das Haus kannte. Und er wollte es rahmen lassen, denn es gefiel ihm sehr. Lange betrachtete sich der Wirt das wunderschöne Bild. Dann meinte er traurig: „Ja, das Haus kenne ich noch. Es stand vor vielen Jahren an der gleichen Stelle, wo auch später ihr Haus errichtet wurde. Damals gab es eine ähnliche Sturmflut wie neulich. Der alte Louis Frazer kam dabei ums Leben. Er wurde von den Wassermassen mitsamt Haus in die Tiefe gespült. Woher haben Sie dieses Bild?"

Johnny schwieg, meinte nur, dass er es in der Nähe seines Hauses gefunden hätte. Nachdem ihm der Wirt noch einiges über die alten Zeiten erzählt hatte, zog sich Johnny nachdenklich auf sein Zimmer zurück. Wie kam der alte Mann, den er auf dem Felsen getroffen hatte, zu diesem Bild? Da er aber das Bild geschenkt bekam, ließ er es schließlich rahmen und stellte es erstmal neben sein Bett. Jeden Tag betrachtete er sich lange dieses schöne Bild. Und er hatte plötzlich das Gefühl, mehr über diesen damals ums Leben gekommenen Louis Frazer erfahren zu wollen. Und da er ja auch diese kostbare Uhr geschenkt bekam, fuhr er in die Stadt, um sie zu verkaufen. Er staunte, welchen Preis er dafür erhielt. Davon könnte er sich ein kleines neues Häuschen leisten. Später bat er den Wirt, ihm doch noch einiges über den alten Louis Frazer zu erzählen. Der

Wirt holte ein kleines altes Fotoalbum aus einem Hinterzimmer und setzte sich zu Johnny an den Tisch. Dann berichtete er ihm, dass Frazer einst Uhrmacher von Beruf war. Doch er reparierte nicht einfach so Uhren, nein, er stellte einzigartige Kunstwerke her, Uhren mit Diamanten und kostbaren Edelsteinen besetzt. Johnny konnte nicht glauben, was er da hörte. Und als ihm der Wirt dann ein altes Foto von Louis Frazer zeigte, wurde es ihm schlagartig klar! Denn dieser alte Mann auf dem Foto, Louis Frazer, war jener alte Mann, von dem er damals das Bild und die kostbare Uhr geschenkt bekam …

Rote Lichter

Leonie Higgins studierte an der legendären Oxford University in England. Sie wollte Physikerin werden und ihre Zukunftspläne schienen bereits fix und fertig. In ihrem Studentenwohnheim, wo sie ein winziges Zimmer bewohnte, fühlte sie sich eigentlich sehr wohl. Es war zwar nicht sonderlich gemütlich, dafür aber hatte sie aber einen alten Kühlschrank, eine Heizung und ein Bett. Mehr brauchte sie ja auch nicht. Und den Rest ihrer Zeit musste sie ohnehin mit Lernen verbringen. Nur eines störte sie sehr, die beiden rot leuchtenden Lampen an diesem alten Kühlschrank. Die konnte sie sogar noch von ihrem Bett aus sehen. Irgendwie flößten ihr die roten Lampen Angst ein. Doch es waren ja nur Kontrolllämpchen, die anzeigten, dass der Kühlschrank funktionierte und die Kühlung die richtige Temperatur hatte. Wie also konnte sie vor diesen Lämpchen Angst haben. An jenem denkwürdigen Freitagabend kehrte sie erst spät in ihr Zimmer zurück. Sie hatte sich etwas Leckeres zu essen besorgt und wollte es sich zubereiten. Es gab ausnahmsweise mal nicht Makkaroni mit Ketchup, sondern ein gebratenes saftiges Steak mit Nudeln. Es schmeckte einzigartig gut, nur fühlte sich Leonie ein wenig voll. Da sie sehr müde war, zog sie sich alsbald in ihr Bett zurück. Aber sie konnte einfach nicht einschlafen. Der Magen drückte und ihr wurde übel. So stand sie wieder auf und geisterte durch das Zimmer. Und immer wieder sah sie es, das Licht des Kühlschranks. Die beiden roten Lämpchen glühten wie die roten Augen des Teufels. Leonie wurde immer ängstlicher und zog sich schließlich wieder an, um das Wohnheim zu verlassen. Es war jedoch nicht ungefährlich, nachts über den Campus zu laufen. Schon einige junge Mädchen waren überfallen und übel zugerichtet worden. Dieses Schicksal wollte sie unter keinen Umständen erleiden. Auch war es recht kalt geworden, so dass sie fröstelnd durch das Universitätsgelände lief. Sie kam an dicht stehenden Bäumen vorbei und beäugte argwöhnisch die dahinter befindliche Wiese. Hatte sie da nicht eben ein verdächtiges Geräusch gehört? Nervös lief sie weiter, ihr Wohnheim war ja nicht weit, bei Tageslicht könnte sie schon das Fenster ihres Zimmers sehen. Immer schneller lief sie in Richtung Wohnheim. Doch auch das merkwürdige Geräusch am Wegesrand schien sie zu begleiten. Sie spürte, wie ihr die Angst die Beine zu lähmen versuchte. Ihr Herz schlug Purzelbäume und ihre Hände zitterten wie Espenlaub. Schnell vergrub sie die in ihrer Jackentasche. Plötzlich stolperte sie über einen spitzen Stein. Es tat sehr weh, und sie wollte sich mit den Händen an einem der Bäume festhalten. Dazu zog sie in Windeseile ihre Hände aus den Jackentaschen. Doch dabei fiel ihr unglücklicherweise der Schlüsselbund mit dem Wohnheimschlüssel aus der Tasche. Klirrend fiel er zu Boden. Sie bückte sich, um ihn zu suchen.

Doch er schien wie vom Erdboden verschluckt. Als sie mit den Händen auf dem Weg herumtastete, um den Schlüssel doch noch zu finden, griff sie plötzlich an etwas Ledernes.

Zu Tode erschrocken sprang sie auf und starrte in das düstere Gesicht eines Mannes. Sie wollte davon rennen, aber wohin? Sie hatte ja nicht einmal den Schlüssel für ihr Wohnheim dabei. Der Fremde hielt etwas in seiner Hand. „Na, suchst Du das hier?", rief er mit dumpfer Stimme. Dabei klapperte er mit irgendetwas. Und entsetzt musste Leonie zur Kenntnis nehmen, dass es ihr verlorener Schlüsselbund war. Nun schien alles verloren. Der Fremde lachte unangenehm schrill und Leonie glaubte sich schon erwürgt am Wegesrand liegen. Sie flehte den Fremden an, ihr den Schlüssel zurück zu geben. Doch der ließ sich gar nicht auf Leonies Bitten ein. Er grinste nur und sagte dann: „Dafür will ich aber auch etwas haben, Schätzchen. Du bist so jung und so schön. Den Schlüssel kriegst Du nur zurück, wenn Du mir ein paar nette Minuten schenkst."

Dabei begann er, seine Hose zu aufzuknöpfen.

Immer weiter näherte er sich der erschrockenen Leonie. Die stand wie gelähmt inmitten des dunklen Weges und konnte nicht fassen, was ihr da widerfuhr. Und warum kam keiner vorbei? Manchmal waren so viele Leute um sie herum und nun? Alles schien verloren und sie spürte, wie ihr Mund langsam austrocknete. Die Angst hatte sie fest im Griff und ließ sie nicht mehr los!

Doch plötzlich geschah etwas, das Leonie wohl niemals mehr vergessen würde. Aus einem Fenster ihres Wohnheimes, von dem sie ahnte, dass es ihres war, fuhren zwei grell leuchtende, rote Lichtstrahlen auf den Weg herab. Sie formten sich zu zwei drohenden roten Augen, und zugleich ertönte ein grässliches Brummen und Fauchen. Es hörte sich an, als sei der Teufel erschienen. Zunächst wollte sich Leonie in Sicherheit bringen, wollte davon rennen. Aber dann sah sie, dass es die roten Augen nicht auf sie abgesehen hatten.

Nein, es bäumte sie vor dem fremden Mann auf, schrie ihn an und drohte, ihn in sich verschlingen. Dabei blitzten sie derart heftig auf, dass der Fremde schreiend und mit offener Hose davon rannte. Gleichzeitig flog der Schlüsselbund durch die Luft und blieb vor Leonie liegen. Sie brauchte ihn nur noch aufzuheben. Als sie das getan hatte, zog sich das rote Licht zum Fenster des Wohnheims zurück.

Leonie rannte wie von Hexen verfolgt ins Wohnheim und schloss sich in ihrem Zimmer ein. Dort wurde ihr klar, dass sie noch einmal mit heiler Haut davon gekommen war. Und sie wusste, dass sie ganz bestimmt nicht noch einmal bei Nacht und Nebel ganz allein über den Campus laufen würde. Sie nahm sich vor, eine Kampfsportart zu erlernen, damit sie sich im Falle eines Falles wehren konnte.

Als sie sich auf ihr Bett setzte, um den Schreck zu verarbeiten, erblickte sie die beiden roten Lichter an ihrem Kühlschrank. Die blinkten auf einmal ganz seltsam vor sich hin und Leonie wusste plötzlich, wer ihr da geholfen hatte …

Freitag, der Dreizehnte

Jule war nie abergläubisch, aber sie trank für ihr Leben gern Kaffee. Sie war das, was man landläufig eine „Kaffeetante" nannte. Doch für sie war das keinesfalls eine Beleidigung, nein, vielmehr fühlte sie sich gut dabei. Denn wenn sie am Morgen aufstand und sich im Spiegel betrachtete, fühlte sie sich gar nicht mehr wohl. Das verschlafene Antlitz da vor ihr konnte so gar nicht überzeugen. Darum führte sie neuerdings der allererste Weg an ihre Kaffeemaschine. Und wenn sie dann den ersten Schluck dieses heißen Gesöffs zu sich nahm, spürte, wie das wohlschmeckende Getränk durch ihre Kehle rann, verwandelte sie sich augenblicklich in einen anderen Menschen. Erst dann gelang es ihr, den Tag zu beginnen. Und erst dann konnte sie auch wieder lächeln, wenn sie in den Spiegel schaute. Eines Tages aber geschah das, was eigentlich das Allerschlimmste für einen gediegenen Kaffeetrinker war, der Kaffee war alle, und es war früh am Morgen! Jule starrte in die leere Kaffeedose und war wie vom Schlag gerührt. Wie konnte ihr nur ein solch gravierender Fehler unterlaufen, den so geliebten Kaffee im Supermarkt zu vergessen? Nein, so etwas war ihr wirklich noch niemals passiert. Der Tag begann einfach nur furchtbar, nicht einmal ihre Nachbarin war noch im Hause, von der sie sich ein wenig Kaffee hätte leihen können. So lief sie mürrisch am Spiegel vorbei und verließ schleunigst das Haus. Was für ein entsetzlicher Tag! Irgendwie glaubte sie langsam, alles hätte sich gegen sie verschworen. Denn unterwegs bemerkte sie, dass auch der Treibstoff ihres Wagens zur Neige ging. „Auch das noch!", fauchte sie laut und nahm den Umweg zur Tankstelle. Von dort wollte sie sich auch gleich mehrere Päckchen Kaffee mitnehmen. Dann fuhr sie eiligst in die Firma. Dort allerdings wunderte man sich über ihre furchtbar schlechte Laune. Jule winkte jedoch nur ab. Da in der Firma immer irgendjemand Kaffee gekocht hatte, bevor die anderen kamen, lief sie diesmal sogleich in die kleine Küche um die Ecke, um sich dort eine Tasse mit starkem Kaffee zu holen. Das musste sein, denn anders konnte der Tag einfach nicht beginnen. Unterdessen hatten die Reinigungskräfte im Büro begonnen, die Teppiche zu reinigen. Dabei stießen sie auch Jules Einkaufstasche um. Alles fiel heraus, auch die beiden Kaffeetüten. Die Reinigungskraft, der das passierte, stellte ihre Reinigungsmittel beiseite und packte schnellstens alles wieder in die Tasche zurück. In der Hoffnung, Jule würde es nicht bemerken, stellte sie die Tasche dann wieder neben Jules Schreibtisch, wo sie vordem auch schon stand. Als Jule aus der Küche an ihren Arbeitsplatz zurückkehrte, bemerkte sie nicht, was da eben geschehen war und genoss noch am Schreibtisch ihren herrlichen Kaffee. Ja, der Tag war gerettet und Jules Laune endlich wieder hergestellt. Als sie nach Dienstschluss heimfuhr, bemerkte sie gar nicht, dass sich in ihrer Einkaufstasche nicht nur die Kaffeetüten befanden. Aus Angst und in Panik, Jule könnte unverrichteter Dinge aus der Firmenküche zurückkehren, hatte die Reinigungskraft etwas verwechselt. Zwar hatte sie eine Kaffeetüte wieder in Jules Tasche zurückgelegt. Doch weil sie sich ständig umschaute, ob es auch keiner bemerkte, legte sie eine ähnlich bunt aussehende Tüte mit Reinigungspulver in Jules Tasche. Die richtige Kaffeetüte aber nahm sie gedankenlos an sich und putzte weiter. Als Jule nach Hause kam, wollte sie sich sogleich einen ordentlichen Kaffee brühen. Hektisch stellte sie die Einkaufstasche auf den Küchentisch. Dabei rutschte ihr die Brille, die sie dringend brauchte, von der Nase und fiel zu Boden. Dabei brach einer der Bügel ab. Genervt hob sie die zerbrochene Brille auf und legte sie neben die Einkaufstasche. Nun brauchte sie dringend einen Kaffee, um wieder zu sich zu kommen. Ohne sich vorher genauer zu orientieren, nahm sie die falsche Kaffeetüte aus der Tasche, riss sie auf und füllte das wie Kaffee aussehende Pulver in den Filter ihrer Kaffeemaschine. Sie wunderte sich nur, dass der Kaffee nicht duftete wie sonst. „Ist wohl wieder alter Kaffee!", schimpfte sie vor sich hin. Und stöhnend schaltete sie die Maschine ein.

Das Wasser kochte rasch und blubbernd lief der falsche Kaffee durch den Filter. Plötzlich gab es einen ohrenbetäubenden Knall und die Maschine brannte lichterloh.

Durch die Druckwelle der Explosion aber fiel die vermeintliche Kaffeetüte vom Küchentisch auf den Fußboden und sprang auf. Das Pulver verteilte sich über den gesamten Küchenboden und Jule erschrak fürchterlich. Panisch zog sie den Stecker aus der Steckdose und warf ein großes Handtuch auf die brennende Maschine, um die Flammen zu ersticken. Dann versuchte sie, das heiße Wasser, welches aus der Maschine ausgetreten war, wegzuwischen. Als sie das Pulver zusammen kehren wollte, bemerkte sie ihren Irrtum. Sie starrte auf die Tüte mit der nicht sofort lesbaren Aufschrift „Reinigungspulver" und schaute dann auf die schäumende Flüssigkeit auf dem Küchentisch. Starr vor Schreck musste sie sich erst einmal auf den Stuhl an ihrem Esstisch setzen. Beinahe hätte sie sich mit dem scharfen Reinigungsmittel vergiftet.

Aber noch etwas Merkwürdiges geschah. Als sie nämlich das Pulver weggekehrt hatte und das Handtuch von der Kaffeemaschine nahm, wunderte sie sich. Denn die eben noch in lodernden Flammen stehende Kaffeemaschine, die durch die leichte Explosion an den Wänden verbrannt und zerbrochen war, machte einen vollkommen intakten Eindruck. Nichts war mehr kaputt. Von Flammen oder einer Explosion zeugte gar nichts mehr. Fassungslos starrte Jule auf ihre nahezu unbeschädigte Maschine und konnte ihr Glück kaum fassen. Wie war das möglich?

Hatte sich die Maschine etwa regeneriert? Oder hatte sie sich nur verguckt, weil sie ja ihre Brille nicht mehr hatte? Sie wusste, dass das nicht sein konnte und betrachtete ihre Maschine nachdenklich von allen Seiten. Nirgends konnte sie auch nur den geringsten Schaden entdecken. Und als sie das richtige Kaffeepäckchen öffnete und sich einen echten Kaffee zubereitete, funktionierte alles einwandfrei. Die Maschine gluckerte wie früher genüsslich vor sich hin und als sie fertig war, schenkte sich Jule eine große Tasse mit aromatisch duftendem Kaffee ein. Als sie ihn trank und die Welt für sie wieder absolut in Ordnung schien, segelte ein Kalenderblatt ihres Küchenkalenders an ihr vorbei. Jule hob es auf und las: „Freitag, der Dreizehnte"

Das Grauen von Schloss Teufelssumpf

Das alte Schloss „Teufelssumpf" lag friedlich und malerisch eingebettet unter den Bäumen des Waldes. Es stammte noch aus dem 14. Jahrhundert und wurde einst von der legendären Fürstin Reinhilde von Teufelssumpf erbaut. Wer sie wirklich war, wusste niemand. Sie achtete auf strikte Verschwiegenheit, wobei sie auch kaum Personal, das sich um die Belange des Schlosses hätte kümmern können, einstellte. Die Fürstin lebte sehr lange auf dem Schloss, bis sie schließlich verschwand. Lange stand dieses Schloss leer und es rankten sich dutzende Legenden um diese ehrwürdige Anlage. Seine Bauart und seine Lage erinnerten eher an ein Spukschloss als an einen herrlichen Landsitz. Außerdem kursierte jahrelang die Annahme, ein Zauberer hätte sich hinter den dunklen Mauern des Schlosses eingenistet und würde jeden umbringen, der sich dem Bauwerk nähert. Bis heute konnte das nicht bewiesen werden.

Allerdings konnte auch keiner diese Sage widerlegen. Aber es war ein Fakt, dass seltsame Dinge dort vorgingen. Es musste wohl ein Nachkomme der Fürstin von Teufelssumpf gewesen sein, der das Schloss nun seit vielen Jahren nutzte. Nur gesehen hatte man ihn nie. Er ließ den tiefen Graben, der um das Schloss führte erneuern und mit Wasser befüllen. Außerdem ließ er sämtliche Fenster, die nach außen zeigten, zumauern. Seitdem glich das Schloss eher einer Festung und niemand wagte sich in die Nähe dieser geheimnisvollen Anlage. Ich hatte von diesem Schloss gehört und sofort packte mich meine Neugierde. Natürlich wollte ich mehr über die Schlossanlage wissen und erfuhr über Umwege, dass über die Jahrhunderte dutzende von Menschen aus dem nahe gelegenen Dorf verschwanden. Man konnte sie nie mehr wieder finden, und nun wurden wieder zwei Männer vermisst. Besonders im Mittelalter verzeichnete man unzählige solcher Fälle. Und so wunderte es auch nicht, dass es auch bis in die heutige Zeit immer wieder vorkam, dass Menschen aus verschwanden. Erst vor drei Monaten vor meiner Ankunft vermisste man zwei Bauern aus dem Dorf. Das letzte Mal sah man sie, als sie sich auf dem Weg, der durch das dichte Waldstück um das Schloss führte. Und es war klar, dass sich die gruseligsten Geschichten um das Verschwinden der Männer rankten. Man sprach sogar davon, dass man die beiden umgebracht hätte und deren grausam entstellte Geister seitdem durch den Wald flogen würden. Ich konnte all diese Dinge nicht glauben. Es gab ganz sicher eine logische Erklärung für deren Verschwinden. Aber das war ganz sicher nicht der Grund, der mich in die herrliche Landschaft, rund um das alte Schloss trieb. Ich wollte eine Reportage schreiben, in welcher natürlich das Schloss eine tragende Rolle spielen sollte. Denn es sollten wieder mehr Touristen in das Gebiet kommen. Und ich wollte mit meiner Reportage ein wenig dabei behilflich sein. So fuhr ich hin und staunte, wie sorgsam man in dieser Gegend mit der Natur umgegangen war. Man hatte neue Seen angelegt und die kleinen Dörfer liebevoll restauriert. Das alles musste ganz bestimmt ein Heidengeld gekostet haben. Aber es gefiel. Trotzdem blieben die Besucher aus. Die entsetzlichen Legenden, die das Schloss umgaben, schienen wohl noch immer von den Leuten für bare Münze gehalten zu werden.

Und da waren ja auch noch die beiden vermissten Männer. Wo waren die abgeblieben? Waren sie tatsächlich umgekommen? Ich mietete mich in einer kleinen Pension des Dorfes ein.

Die Wirtin, eine ältere würdige Dame taxierte mich genau und schob mir misstrauisch den Schlüssel für mein Zimmer über den Tresen. Was die wohl denken mochte? Und als ich später durch das winzige Dorf lief, hatte ich die Vermutung, dass die Leute ganz allgemein sehr misstrauisch waren. Lag das an dem alten Schloss, an den Legenden oder vielleicht auch an den beiden vermissten Bauern? Ich nahm mir vor, gleich am nächsten Tag zum Schloss zu wandern. Vielleicht fand ich ja dort etwas, dass mit dem Verschwinden der Bauern zu tun haben konnte. Vielleicht fand ich auch ein Geheimnis, welches sich seit dem Verschwinden von Fürstin von Teufelssumpf wie ein Leichentuch über der Gegend ausgebreitet hatte. Am Abend saß ich noch eine Weile in der kleinen Gaststube der Pension. Die Wirtin stand hinter ihrem Tresen und beobachtete mich in einem fort. Mir war das lästig, weil ich auf diese Weise kaum einen Bissen herunter bekam.

Ich ging zu ihr und fragte sie, was eigentlich los sei. Ich wollte wissen, warum sie mich so kritisch musterte. Vielleicht wollte sie mir ja auch irgendetwas sagen, was sie sich nicht traute. Zunächst schwieg sie und wollte sich sofort zurückziehen. Doch ich ließ nicht locker und so zog sie mich in ein Hinterzimmer und flüsterte: „Wir beobachten hier alle Fremden, die ankommen. Denn wer weiß, wer sich hinter so manchem Lächeln wirklich verbirgt. Aber auf Schloss Teufelssumpf gehen merkwürdige Dinge vor. Seit Jahren, nein, seit Jahrhunderten verschwinden immer wieder Leute und nie wurden die Fälle aufgeklärt. Aber wissen Sie, dieser neue Schlossherr, den man nie sah, ist nicht ganz ohne. Ich hab gehört, dass er Menschen fängt und aufisst. Neulich sah ich ein seltsames Feuer auf einem der Schlosstürmchen. Es war bereits gegen Mitternacht und plötzlich hörte ich ein lautes Lachen und das Feuer erhob sich wie der Feuerstrahl des Teufels in den Himmel. Seitdem redet hier kaum noch jemand mit dem anderen."

Ich schaute die Wirtin misstrauisch an. Sollte es tatsächlich möglich sein, dass hier alle den Durchblick verloren hatten? Was redete diese Dame da für ein wirres Zeug? Menschenfresser, der Teufel, zum Himmel fliegende Feuerbälle, was sollte das? Wollten die Leute damit vielleicht die Fremden vertreiben, weil sie in Wahrheit gar kein Interesse an Besuchern hatten? Noch am selben Abend sprach ich mit dem Bürgermeister des Dorfes. Der war zwar anfänglich ebenfalls ein wenig verschwiegen, doch dann schien er sehr angetan von meiner Idee, mit Hilfe der Reportage über diese wunderschöne Gegend neue Besucher und damit auch Touristen herzulocken. Er wollte mein Vorhaben unterstützen und einen Reiseführer, den ich schreiben sollte, herausbringen.

Als ich schließlich irgendwann in der Nacht von meinen Streifzügen in mein Pensionszimmer zurückkehrte, legte ich mich gleich ins Bett. Doch als ich das Licht ausschaltete und durchs Fenster, welches gleich gegenüber von meinem Bett war, hindurchschaute, bemerkte ich einen hellen Schein am Himmel. Was war das, der Mond, ein Scheinwerfer? Noch einmal stand ich auf und schaute nach. Da sah ich es nun, dieses seltsame Feuer. Wie eine Art Lichtkugel erhob es sich geräuschlos in den dunklen Nachthimmel hinein. Sie kam aus dem Waldstück, in welchem sich das alte Schloss Teufelssumpf befand. Was war das nur? Ein Kugelblitz? Man sagte ja, dass man die noch immer nicht so genau erforscht hätte. Aber ein Kugelblitz, bei schönem Wetter? Ich legte mich zurück ins Bett und dachte noch lange nach. Welches Geheimnis verbarg sich hinter der Fassade dieses alten Schlosses?

Am nächsten Morgen schlief ich etwas länger. Der vergangene Abend war wohl etwas zu aufregend, sodass ich mich wie gerädert fühlte. Trotzdem trieb mich meine Neugierde schließlich aus dem Bett. Nach dem Frühstück packte ich meinen Rucksack und zog los.

Es dauerte ein wenig, bis ich den Wald erreichte, in welchem das Schloss stand. Und es dauerte noch viel länger, durch die wilde Natur zu klettern, weil sich über Jahre keiner mehr mit der Befestigung der Wege befasst hatte. Man wollte wohl nicht, dass jemand bis zum Schloss vordringen konnte. Irgendwann hatte ich das letzte Gebüsch hinter mich gebracht und lief über eine Wiese bis zum Schlossgraben. Und da stand es plötzlich vor mir: Schloss Teufelssumpf. Wie eine verfallene Geisterburg erhob es sich vor mir und seine kleinen Türmchen an allen vier Ecken der Anlage ragten drohend und spitz in den Himmel hinein.

Offenbar hatte man das Schloss seit Jahrhunderten nicht mehr verputzt. Überall bröckelte die Fassade und gab den Blick auf die eigentliche Bausubstanz frei. Teilweise war das Schloss mit Moosen und Gebüsch überwuchert. Und der Wassergraben rund um die Anlage war nicht sehr breit aber vermutlich sehr tief. Schlagartig wurde mir klar, dass sich in dieses Gebäude bisher keiner hinein traute. Und dann diese grauenvollen Legenden von Menschenfressern, die hinter der wurmstichigen Fassade ihr Unwesen treiben sollten. Werbewirksam war das wahrlich nicht. Ich allerdings ließ mich von solcherlei Dingen nicht abhalten. Immerhin hatte ich einen wichtigen Auftrag, die Reportage über diese doch recht schöne Gegend. Sie musste in einer

Woche fertig sein. Es schien wohl keinen Eingang in das Schloss zu geben. Jedenfalls lief ich um das ehrwürdige Gebäude herum, ohne einen zu entdecken.

Dafür entdeckte ich eine hochgezogene Zugbrücke, die jegliches Eindringen in den vermutlich dahinter befindlichen Schlosshof verhinderte. Wie kam ich also in dieses Schloss hinein? Immer wieder durchquerte ich das Areal vorm Wassergraben. Und plötzlich trat ich auf etwas Hohles. Zumindest hörte es sich an, als ob unter meinen Füßen eine Grube sei. War das eine Falltür? Erschrocken sprang ich auf einen dicken abgesägten Baumstamm. Doch nichts geschah, die vermeintliche Falltür hielt wohl stand. Noch einmal schlich ich mich an diese Stelle, entfernte das darüber gewachsene Gebüsch und sah, dass es sich um eine verrostete Eisenluke mit einem Haken daran handelte. Sicher konnte man diese Luke mit dem Haken öffnen. Mit ganzer Kraft zerrte ich daran, doch die Luke bewegte sich nicht einen Millimeter. Gab es da noch einen anderen Trick? Ich suchte das Gebüsch ab und entdeckte etwas sehr sonderbares. In eine Baumwurzel eingelassen verbarg sich etwas sehr Irdisches, ein elektronisches Zahlenschloss. Darin blinkte ein rotes Lämpchen. Nun musste ich nur noch den Code wissen, dann könnte ich vielleicht die Luke öffnen. Aber wie sollte ich diesen Code herausfinden? Ein Computerhacker war ich nie gewesen, auch wenn ich meine Texte ausschließlich mit meinem Laptop schrieb. Ich schaute mich um. Nein, es gab keine Hinweise auf den Code, doch halt! Einen Hinweis könnte es möglicherweise doch geben, die Ausrichtung der Bäume. Es waren fünf Bäume, in deren Mitte sich die Baumwurzel mit dem Zahlenschloss befand. Die fünf Bäume sahen ein wenig seltsam aus, denn man hatte sie von den meisten ihrer Äste befreit. Nur wenige Äste hatte man dran gelassen. War das vielleicht der Zahlencode? Ich zählte am ersten Baum 5 Äste, am zweiten 4 und dann noch die Zahlen 937. Mit diesen Zahlen kroch ich zur Wurzel mit dem Zahlenschloss zurück und gab die Zahlen dort ein. Es passierte jedoch nichts. Vermutlich war das die falsche Reihenfolge der Zahlen. Ich versuchte alle möglichen Varianten aus und endlich, das lang ersehnte Knacken ertönte. Kraftvoll zog ich am Haken der Luke und diese sprang wie von allein auf.

Sie gab den Blick auf eine Leiter frei. Umständlich hievte ich mich durch die Öffnung, und als ich auf der Leiter stand, schloss sich die Luke sofort wieder über mir. Die Leiter führte zu einem Stollen. Überall brannte Licht, dennoch war es nicht sehr hell. Außerdem zog eisige Kälte durch den Stollen und ich lief einen Schritt schneller, um mich ein wenig warmzulaufen. Endlich kam ich an eine steinerne Treppe. Hier musste es zum Schloss hinauf gehen. Vorsichtig schritt ich nach oben. Überall in den Wänden befanden sich Nischen und alte verwitterte Holztüren. Ich drückte die schmiedeeisernen Klinken, doch keine dieser Türen ließ sich öffnen. Schließlich gelangte ich in einen großen düsteren Raum. An den Wänden hingen dutzende Trophäen. Möglicherweise ging der Hausherr gern zur Jagd. An der Stirnseite des Raumes hatte man einen großen Kamin in die Wand eingelassen. Doch es brannte kein Feuer darin. Es war bitterkalt in diesem Raum und ich konnte die Rauchfahne meines Atems sehen. Alles lag verlassen vor mir. Es wirkte auf mich, als sei das Schloss unbewohnt. Allerdings gab es noch viele Zimmer, die ich sehen wollte. Und mein Rundgang wurde nicht unterbrochen. Kein Menschen fressendes Ungeheuer verstellte mir den Weg, auch kein blutsaugender Graf tauchte leichenblass vor mir auf. Nichts! Nur die rätselhafte Stille und diese Einsamkeit, aber auch der Wind, der die Läden an den Fenster gespenstisch klappern ließ, verbreiteten ein gruseliges Fluidum. Ohne mich davon beirren zu lassen, lief ich weiter. Vielleicht traf ich ja doch noch jemanden. Immerhin wollte ich sehr gern den Schlossherren sprechen, wenngleich unangemeldet und auf eine recht ungewöhnliche Weise, sozusagen durch den Hintereingang kommend. Aber ich hatte Pech. Beinahe jedes der zahllosen Zimmer hatte ich schon gesehen, als ich vor einer engen Wendeltreppe stand. Kein Zweifel, hier musste es in eines der Turmzimmer gehen. Meine Neugierde trieb mich nach oben. Oben war wieder eine Tür. Ich öffnete sie und vor mir stand ein Mann, von dem ich annahm, dass es der Hausherr sei. Erschrocken blieb ich stehen, hatte nicht damit gerechnet, doch noch jemanden zu finden. „Ich habe schon auf Sie gewartet.", sagte der Fremde mit relativ ruhiger Stimme. Mit einem solch merkwürdigen Empfang hatte ich nicht gerechnet. Eher mit einer blutrünstigen Hundemeute, die sich gierig auf mich stürzten.

Allerdings konnte ich mir gut vorstellen, dass mich dieser Mann vermutlich die ganze Zeit beobachtet hatte. Sicher hatte er in jedem seiner Zimmer Kameras installiert. In seinem schwarzen altertümlich wirkenden Anzug sah er ein wenig verstaubt aus. Und sein etwas verkühlter Unterton und sein knochiges Gesicht wiesen eher auf einen dahin kränkelnden Mittfünfziger hin als auf einen stolzen Schlossherren mit tausenden von Geheimnissen. Dennoch schien ihn etwas Merkwürdiges zu umgeben. War es seine krumme Nase, die mich an einen alten Hexenmeister erinnerte oder seine Wortkargheit, die mich doch schon ein wenig irritierte. Ich fragte ihn, warum man das Schloss nicht über die Zugbrücke erreichen konnte. Aber ich erntete dafür nur ein betretenes Schweigen. Überhaupt erschien es mir, als wollte mich dieser Mann zwar sehr gern empfangen, aber auch schnellstens wieder loswerden. Nur, warum holte er nicht die Polizei, wenn ich ihm doch so ungelegen kam. Immerhin war ich bei ihm eingebrochen. Doch dann stellte er sich vor, blieb allerdings sitzen dabei. Mit sonorer Stimme sagte er: „Mein Name ist Fürst Adalbert von Teufelssumpf. Es ist schön, dass Sie mich besuchen. Bisher kam nämlich noch niemand hierher." Ich staunte, dass der Schlossherr nun doch mit mir sprechen wollte. Hatte ich seine Neugierde geweckt oder war diese Freundlichkeit am Ende nur aufgesetzt? Als ich mich in dem kleinen Zimmer umschaute, fiel mir etwas auf, das mir einen Schock versetzte. In einer Ecke lagen Knochen, menschliche Knochen, wie ich annahm. Der Fürst schien das bemerkt zu haben und meinte, dass diese Knochen nur zur Zierde in dieser Ecke lägen. Ich jedoch verstand diesen sonderbaren Humor ganz und gar nicht. Und deswegen kam ich gleich zur Sache. Ich stellte den Fürsten zur Rede, was er wohl zum Verschwinden von all den vielen Leuten meinte.

Nach einer Minute des Schweigens wich der Fürst aus. Er versuchte mich abzulenken, schob wieder seine Traurigkeit vor, dass keiner zu ihm aufs Schloss käme und vermutlich deswegen solcherlei Legenden entstanden seien. Aber ich wollte es nun genau wissen, hatte den Fürsten wohl so weit, dass er gar nicht mehr anders konnte, als seine Maske fallen zu lassen. Lange schaute er mich an, als ich ihn erneut zur Rede stellte. Dann stand er unverrichteter Dinge auf und sagte schroff: „Folgen Sie mir!" Wir schritten die Wendeltreppe hinab und begaben uns in einen Nebenraum des darunter befindlichen Zimmers. Doch was ich da sah, ließ mir das Blut in den Adern gefrieren. In der Mitte des großen Raumes stand ein großer eiserner Käfig. Darin brüllte ein affenähnliches Wesen, oder war das ein Mensch? Das Wesen fletschte seine Zäune

und brüllte, dass ich ängstlich einen Schritt zurück sprang. Der Fürst jedoch sagte: „Sie brauchen keine Angst zu haben, das ist Hektor. Wir
haben ihn vor vielen Jahren im Wald gefangen.
Er ist ein Frühmensch, ein Australopithecus!"
Ich konnte nicht glauben, was der Fürst mir da
sagte. Ein Frühmensch? Waren die nicht vor Millionen von Jahren ausgestorben? Offenbar aber
doch nicht, sonst hätte man dieses Exemplar ja
nicht fangen können. Der Fürst erklärte mir, dass
es damals, als er das Schloss erbte, mehrere dieser Frühmenschen in diesem Wald gab. Er habe
herausgefunden, dass diese Frühmenschen jene
Leute, die als vermisst galten, als Nahrung be-
trachteten. Er habe immer wieder die angefres-
senen Leichen der Toten im Wald gefunden und
bestatte später deren Überreste auf dem winzigen Friedhof im Schlossgarten. Hätte er die Toten liegengelassen, so dass sie von Dorfbewoh-
nern gefunden worden wären, hätte man ihn als
Mörder beschuldigt. Niemand hätte ihm ge-
glaubt, dass es Frühmenschen waren, die lediglich auf Nahrungssuche waren.
Dennoch wunderte ich mich, warum der Fürst
nie darüber an die Öffentlichkeit getreten war.
Immerhin hätte das ja ein Magnet sein können,
welches Touristen in ungeahnter Zahl in die Gegend hätte holen können. Um die Frühmenschen
hätten sich Forscher gekümmert. Der Fürst hingegen wollte das nicht, bekundete, dass seine
Vorgehensweise angeblich die einzige und beste
Variante gewesen sei. Mich stellte das Ganze

ganz und gar nicht zufrieden. Wie sollte ich meine Reportage schreiben, wenn ich ausgerechnet dieses wichtige Detail, welches zur Aufklärung der Todesfälle beitragen könnte, verschwieg. Denn dem Fürsten war es keineswegs recht, dass ich darüber schrieb.

Ich dankte dem Fürsten für seine Bereitschaft, wenigstens mich aufzuklären, wenngleich ich mich wunderte, dass er mir überhaupt das alles zeigte. Mit einem Händedruck verabschiedete er mich und ließ sogar die Zugbrücke herunter. Quietschend und klappernd gab sie den Weg über den Wassergraben frei. Auf meine Frage nach dem Feuer, welches gen Himmel flog, bekam ich keinerlei Antwort. Hinter mir vernahm ich noch das dumpfe Grollen, welches von der Anwesenheit dieses mysteriösen Frühmenschen kündete. Als sich die Zugbrücke langsam wieder schloss, sah ich den Fürsten, der mir mit ernster Miene hinterher starrte und mich ratlos zurückließ. Ich überlegte, wie ich meine Reportage schreiben sollte und wie ich dem Bürgermeister von meinen Erlebnissen berichten sollte, ohne den Frühmenschen zu erwähnen. Sollte ich überhaupt den Bürgermeister mit einbeziehen oder sollte ich doch zur Polizei? Immerhin gab es Todesfälle. Und der vermeintliche Frühmensch lebte noch! Ich ging zu meiner Pensionswirtin. Doch ich wusste nicht, ob ich ihr von meinen Beobachtungen berichten sollte. Wie würde sie reagieren, wenn sie all das hörte? Konnte ich das überhaupt tun? Trug nicht auch ich eine gewisse

Verantwortung? Mir erschien das dann doch zu unsicher und ich ging zur Polizei. Ich war fest entschlossen, dort von dem Geheimnis zu erzählen. Der Beamte, dem ich mich anvertraute, schaute ebenso misstrauisch wie der Fürst.

Doch als ich ihm von dem ominösen Frühmenschen erzählte, wollte er es genau wissen. Er holte sich zwei seiner Kollegen und wollte sich selbst ein Bild von alledem machen. Gemeinsam zogen wir los. Immerhin gab es nun einen Verdacht, dem nachgegangen werden musste. Ich führte die Beamten zu der Baumwurzel mit dem Zahlenschloss. Die Nummer hatte ich mir behalten und auf einen Zettel geschrieben. Schnell gelangten wir in die Katakomben des Schlosskellers. Wir durchschritten den Stollen und standen alsbald in dem Raum mit dem Kamin und den Trophäen an den Wänden. Und es war ganz merkwürdig, auch diesmal war der Fürst nicht zugegen. Wieso kam er nicht, wenn doch die Polizei in seinem Schlosse herum stöberte. Das konnte ihm doch unmöglich recht sein. Als wir in dem Seitenraum standen, konnte ich es nicht fassen. Weder war da ein großer Käfig noch befand sich ein blutrünstiger Frühmensch in dessen Inneren. Es war, als sei nie etwas dergleichen in diesem Zimmer gewesen. Und vom Fürsten selbst fehlte jede Spur. Was ging hier nur vor?

Als ich aus dem Fenster schaute, bemerkte ich einen Feuerball, der von einem der Türmchen in den Himmel raste. Die Flammen loderten beängstigend in alle Richtungen und ich zeigte den

Beamten dieses unfassbare Schauspiel. Die schüttelten ratlos mit ihren Köpfen und wussten wohl nicht so genau, ob sie das alles wirklich glauben sollten oder nicht. Das Schloss aber war menschenleer. Und einen Frühmenschen fanden wir erst recht nicht. Dafür bemerkte ich, dass der Feuerball gar nicht in den Himmel geflogen war. Vielmehr war er aufs Dach des Schlosses gestürzt, welches sofort in Flammen aufging. Rasend schnell fraßen sich die lodernden Flammen durch die Gebäude des Schlosses. Wir hatten große Mühe, die Anlage rechtzeitig zu verlassen. Offenbar war hier mit Brandbeschleunigern gearbeitet worden. Wollte hier jemand seine Spuren verwischen? Innerhalb weniger Minuten stand das gesamte Schloss in Flammen. Es hatte keinen Sinn, die Feuerwehr zu rufen. Wie sollte sie sich den Weg durch diese zugewachsene Gegend bahnen. Wir konnte nur noch zusehen, wie das Schloss vor unseren Augen buchstäblich in Rauch und Asche versank. Kurze Zeit später stand nur noch die verkohlte Ruine des Schlosses vor uns. Damit schien das Geheimnis von Schloss Teufelssumpf für immer verloren. Ein Gutes aber hatte das alles. Es kamen tatsächlich unzählige Besucher in die Gegend. Alle wollten die Schlossruine sehen und waren auf der Suche nach dem Menschen fressenden Frühmenschen. Den Bürgermeister freute das sehr. Und als er meine Reportage las, bedankte er sich für die gelungene Aktion, das Gebiet wieder attraktiver werden zu lassen. Ich jedoch war ganz und gar nicht glücklich mit dem Ergebnis. Leider aber gab es nun das Schloss nicht mehr. Wohl oder übel musste ich abreisen. Am Abend vor meiner Abreise lief ich noch einmal durch die verbrannte Ruine des Schlosses und setzte mich auf einen Stein. Da fiel mir ein seltsamer Kasten auf, der in der Asche lag.

Erst dachte ich, es sei ein großes Mauerstück, doch als ich den Ruß abwischte, bemerkte ich, dass es ein Tresor sein musste. Da er nicht sehr groß war, konnte ich ihn bis zu meinem Wagen tragen. In der Pension versuchte ich, ihn zu öffnen. Das ging nicht sehr schwer, denn die alte Mechanik hatte bei dem verheerenden Brand sehr stark gelitten. In seinem Inneren fand ich ein dickes Buch. Es war schon stark verrottet und ich musste vorsichtig damit umgehen, damit es nicht zerfiel. Es entpuppte sich als Chronik von Schloss Teufelssumpf!

Manche Seiten ließen sich beim besten Willen nicht mehr entziffern. Doch das, was ich entziffern konnte, schien das Geheimnis des Schlosses zu lüften, wenngleich nicht vollständig, und ich konnte nicht glauben, was ich da las. Demnach war die alte Fürstin von Teufelssumpf ebenfalls ein Frühmensch. Die Gattung der Art „Australopithecus" kam einst in diese Gegend und überlebte. Die Fürstin hatte einen Sohn. Nachdem sie gestorben war, verließ er das Schloss und lebte im Wald. Doch da kam plötzlich das Feuer vom Himmel.

Blutrünstige Lebewesen, Aliens, traten aus dem Feuerball und bemächtigten sich des Schlosses. Der Sohn der alten Fürstin wurde gefangen genommen und im Schlosskeller eingesperrt. An ihm wurden Tests und Studien durchgeführt. Die Aliens aus dem Feuerball nahmen wohl an, dass es sich bei ihm um einen Bewohner der Erde handelte. Dass es sich nur um eine überlebende Rasse der Frühmenschen handelte, wussten sie nicht. Doch dann trafen sie auf die wirkliche Bevölkerung und entführten immer wieder Menschen. Diese Leute mussten für die Forschungszwecke der Aliens sterben. Die Morde schoben sie dem Frühmenschen zu, den sie künstlich über die vielen Jahrhunderte am Leben hielten. Er war das Opferlamm, welches die Aliens brauchten, um selbst nicht erkannt zu werden. Fürst von Teufelssumpf war einer dieser Aliens. Als ich die Polizei hinzuzog, glaubte er sich enttarnt und floh. Da sich die Aliens mit Feuer sehr gut auszukennen schienen, zündeten sie das Schloss an. Nun gab es keinerlei Beweise mehr, glaubten sie. Doch an die mysteriöse Chronik dachten sie nicht. Nur, wer hatte die geschrieben? Da musste doch noch jemand sein, der all das aufgeschrieben hatte? Denn die Aliens konnten es nicht gewesen sein und die Frühmenschen?

Gab es die vielleicht noch? Als ich die Schlossruine verließ und durch den Wald zu meinem Fahrzeug lief, sah ich zwischen den Bäumen zwei merkwürdige Gestalten. Ich versuchte, Genaueres zu erkennen. Doch als ich mir den Weg durchs Gebüsch bahnte, um zu den Fremden zu gelangen, sah ich nur noch, wie sie durch die Sträucher davon sprangen. Und ich war mir sicher, dass es sich bei einem der beiden mit Sicherheit um den Frühmenschen handelte, den ich damals auf dem Schloss im Käfig gesehen hatte …

Kugelblitze

Dunkle Wolken zogen auf und ein heftiges Gewitter entlud seine ganze Kraft über Toms altem Haus. Es war überhaupt ein wirklich schlimmer Sommer. Erst vor einer Woche hatte Tom seinen Job verloren und nun konnte er die Raten für das gerade erst gedeckte Dach nicht mehr bezahlen. Auch Lina, seine Frau hatte keine Kraft mehr all das durchzustehen. Eines Tages packte sie ihre Sachen und zog zu ihren Eltern in die Stadt. Da stand er, von aller Welt verlassen und nun zog auch noch ein derart heftiges Gewitter auf, dass es ihm Angst und Bange wurde. Der Sturm machte sich am neuen Dach des Hauses zu schaffen und deckte es schließlich gnadenlos ab. Und als ob der Himmel nur darauf gewartet hätte, öffnete er alle Schleusen und setzte das gesamte Haus unter Wasser. Tom saß im Keller und hörte, wie sein Lebenstraum von einem schönen friedlichen Leben auf dem Lande sprichwörtlich den Bach hinunter ging. Als das Unwetter endlich vorüber war, wagte sich Tom gar nicht, nach oben zu gehen. Aber es musste sein. Er fasste sich ein Herz und schritt die nassen Stufen hinauf in die Wohnung. Es war ein Bild des Jammers, welches sich Tom dort bot. Zwar hatte er bereits mit dem Schlimmsten gerechnet, doch das Ausmaß dieses Wasserschadens überschritt bei weitem seine kühnsten Vorstellungen. Die gesamte Einrichtung war ein Opfer des Wassers geworden, die elektrischen Geräte unbrauchbar. Wie sollte es nun weitergehen? Da braute sich am Himmel schon das nächste Unwetter zusammen. Tom konnte es nicht glauben. Welcher böse Fluch verfolgte ihn und sein Leben? Er stand unter seinem abgedeckten verwüsteten Dach und schrie voller Verzweiflung: „Was willst Du denn noch! Du hast mir doch schon alles genommen!" Doch das Wetter kannte kein Erbarmen. Die Wolken schienen noch dicker zu sein als die des vorangegangenen Unwetters. Bedrohliche schwarzgrüne Nebelschwaden zogen übers Land und tauchten die Gegend in ein furchterregendes Licht. So etwas Gruseliges hatte Tom noch nie erlebt. Ging jetzt die Welt unter? Er wollte sich in den Keller flüchten, doch die Kellertür klemmte. Er rüttelte und zog an ihr, doch sie ließ sich einfach nicht mehr bewegen. Sollte er selbst nun das Opfer sein? Plötzlich schien ihm alles egal. Wenn er ohnehin schon alles verloren hatte, wozu noch weiterleben? Es hatte ja sowieso keinen Zweck mehr. Alles war verloren und Geld hatte er keines mehr! Er setzte sich unter die tropfende Decke seines Wohnzimmers und starrte aus dem Fenster. Das Wasser lief ihm bereits in Strömen übers Gesicht, da sah er, wie eine merkwürdige gleißend helle Lichterscheinung aus den wabernden Wolken trat. Sie sprühte Funken und formte sich schließlich zu einem rotierenden Ball. Immer schneller drehte sich dieser Ball und fuhr in Richtung Erdboden. Das musste ein Kugelblitz sein, fuhr es Tom sofort in den Sinn. Doch bisher hatte kaum jemand solch eine Erscheinung sehen können. Einige zweifelten sogar daran, dass es sie überhaupt gab. Aus dem wabernden Wolkenmeer traten immer mehr dieser sich schnell drehenden Lichtkugeln hervor. Tom wurde es himmelangst, aber er blieb stur an seinem Fenster und beobachtete das merkwürdige Schauspiel. Die Lichtkugeln rasten in wahnsinniger Geschwindigkeit zur Erde herab. Doch dort fielen Sie nicht ins Gras oder krachten zerstörerisch auf die Straße, nein. Sie tanzten über dem Boden wie Feuerwerkskörper. So etwas hatte Tom noch niemals zuvor gesehen. Fasziniert schaute er auf das Geschehen und konnte nicht glauben, was er da sah. Plötzlich verwandelten sich die vermeintlichen Kugelblitze und kleine Wesen mit langen goldenen Haaren und weißen glitzernden Kleidern, an denen sich winzige Flügelchen bewegten, tanzten durch die Luft. Wie Fische im Wasser schwebten sie auf und nieder. Tom starrte wie gebannt auf das unwirkliche Szenario. Die Wesen umkreisten sein Haus, die Garage nebenan und schließlich sein Fenster. Nun konnte er diese seltsamen Wesen genau erkennen. Es mussten Elfen sein, wie er sie aus dem Märchenbuch kannte. Er traute seinen Augen nicht mehr. War das wirklich alles wahr, was er da sah? Die Elfen tanzten munter vor seinem Fenster und plötzlich kamen sie ins Zimmer hinein geflogen. Vor lauter Angst versteckte sich Tom hinter dem Sofa. Doch das nutzte gar nichts, die Elfen tanzten lächelnd um das Sofa herum und schienen sich zu freuen, dass sie ihn gefunden hatten. Die vermeintlichen Elfen hatten einen leuchtenden Stab in der Hand. Damit fuchtelten sie in der Luft herum und bunte Sterne flogen plötzlich durch das ganze Zimmer. Sie flogen durch die geschlossenen Türen bis sie sich im ganzen Haus verteilt hatten. Tom, der längst seine Augen geschlossen hatte, wagte nicht, auch nur einen Mucks zu tun. Noch immer hockte er zitternd hinter seinem Sofa und glaubte an einen bösen Zauber. Doch die Elfen tanzten munter und fröhlich durch das Haus und schienen mit Tom spielen zu wollen. Tom spürte endlich, dass keine Gefahr von den kleinen Wesen auszugehen schien, öffnete mutig seine Augen und trat aus seinem Versteck hervor. Die Elfen schien das zu freuen. Sie tanzten lustig um seinen Kopf und wedelten mit ihren Leuchtstäben in der Luft herum. Immer mehr gleißend helle Sterne stoben durch das Haus.

Doch plötzlich vernahm Tom ein merkwürdiges Surren aus der Ferne. Augenblicklich formierten sich die kleinen Wesen zu einem Schwarm und flogen schnell in Richtung Himmel davon. Aus der Ferne sahen sie wieder aus wie Kugelblitze, die am Himmel auf und nieder flogen. Schließlich beendete ein dicker Blitz, der von einem heftigen Donnerschlag begleitet wurde, das einzigartige Schauspiel. Tom, der bis zuletzt zum Himmel geschaut hatte, konnte nicht fassen, was er da gesehen hatte. Der Himmel wurde wieder klar und die Sonne lugte neugierig zwischen den

Wolken hervor. Schließlich war alles so, als ob es nie ein Unwetter gegeben hätte. Nachdenklich lief Tom durchs Haus, wollte sich vergewissern, dass es nicht noch mehr Schäden gab. Doch was war das – als er aus dem Wohnzimmer kam, war nichts mehr nass. Die Zimmer waren trocken und das Mobiliar vollkommen unbeschadet. Tom traute seinen Augen nicht mehr, aber auch der Dachboden hatte sich vollkommen verändert. Das Dach war wieder gedeckt und nicht ein Wassertropfen hatte den Fußboden berührt. Tom tastete die Dämmung unterm Dach ab, doch auch sie war nagelneu und vollkommen trocken. Was ging hier nur vor. Gerade wollte Tom wieder hinunter gehen, da entdeckte er auf dem Fußboden einen merkwürdigen Stab. Er war klein und schien irgendwie zu leuchten. Vorsichtig hob er ihn auf und augenblicklich drangen aus der Spitze des Stabes unzählige kleine leuchtende Sternchen. Sie flogen durch den Dachboden bis sie im Dachstuhl des Hauses verschwanden. Kopfschüttelnd ging Tom ins Wohnzimmer. Dort bewegte er den Stab wie ein Dirigent hin und her. Die Sterne flogen durch den gesamten Raum und verwandelten ihn in ein modernes luxuriös ausgestattetes Domizil. Tom wusste nicht, wie er sich das erklären sollte. Dieser Stab musste ein Zauberstab sein. Eine der Elfen musste ihn hier vergessen haben, oder nicht? Irgendwann hatte Tom mit Hilfe des magischen Stabes seine gesamte Einrichtung erneuert und sein Haus damit gerettet. Als er in der Garage sein kleines Auto mit neuem Lack versehen hatte, versiegte plötzlich der Sternenstaub. So sehr Tom auch wedelte, es kamen keine Sterne mehr aus dem Stab. Traurig setzte er sich in sein Auto und war doch froh, dass er sein Hab und Gut retten konnte. Als er ins Haus zurückging, klingelte es. Es war der Gerichtsvollzieher. Er kam, um Tom die Pfändungsurkunde für das Haus zu überbringen. Tom bat ihn, kurz im Wohnzimmer Platz zu nehmen. Er wollte seine Unterlagen aus dem kleinen Safe holen, der sich im Schlafzimmer befand. Als er den Safe öffnete, glaubte er nicht, was er da sah. Im Safe lagen mehrere Bündel Geldscheine, genau Eine Million Dollar.

Tom glaubte, verrückt zu werden. Aber die Freude über den plötzlichen Reichtum ließ sein Herz rasen und er fasste wieder neuen Mut. Er nahm die Summe, die der Gerichtsvollzieher haben wollte und ging ins Wohnzimmer zurück. Der Gerichtsvollzieher staunte nicht schlecht, als Tom ihm die geforderte Summe bar auf die Hand legte. Doch er freute sich auch, dass Tom sein Haus nun behalten konnte. Nachdem der Gerichtsvollzieher gegangen war, legte Tom den Leuchtstab in den Safe. Er gewahrte ihn sorgsam dort auf und hängte ein großes Bild vor dem Safe an die Wand. Es zeigte eine kleine Elfe mit einem Sternenstab. Das Geld im Safe ging ihm seltsamerweise nie aus. Es blieb konstant eine Million. Da er wusste, wie schnell man den Reichtum wieder verlieren konnte, ging er sehr sparsam damit um. Er engagierte sich in einem Verein für notleidende Kinder. Und manchmal, wenn ein Gewitter über die einsame Landschaft zog, glaubte er, am Himmel seltsame Kugelblitze zu sehen, die fröhlich durch die Luft tanzten und ihm zuwinkten. Sie schienen ihm Glück zu wünschen und den Menschen sagen zu wollen: „Alles wird gut."

Der Geisterzug

Es war wirklich ein wunderschöner Urlaub, dort oben in den Bergen. Aber alles Schöne geht einmal zu Ende und ich musste mich um meine Abreise kümmern. Da der kleine Ort nur über einen noch winzigeren Bahnhof verfügte, fuhren die Züge nicht sehr oft. Ich musste eine günstige Verbindung finden, denn ich hatte eine weite Reise vor mir. Außerdem war es eine Nebenstrecke, die in Kürze stillgelegt werden sollte. Ich hatte es in einer Regionalzeitung gelesen und sah zu, dass ich noch rechtzeitig fort kam. Von der netten Dame an der Rezeption meiner idyllisch gelegenen Pension erhielt ich einen Fahrplan. Früh am Morgen ging der Zug und ich musste zusehen, dass ich ihn nicht verpasste. Vermutlich war das der letzte Zug, der in die Stadt fuhr, bevor die Strecke gesperrt wurde. Der Bahnhof lag etwas abgelegen, in einem großen Waldstück. An jenem Morgen stand ich schon um Fünf Uhr auf dem verlassenen Bahnsteig und wartete. Zwar wunderte ich mich, dass keiner außer mir auf dem zugigen Bahnsteig war, doch hier draußen hatte jeder ein eigenes Fahrzeug und die einzige Pension, in welcher auch ich nächtigte, hatte kaum Gäste. Lange wartete ich und wunderte mich, dass der auf dem Fahrplan angekündigte Zug nicht kam. Fragen konnte ich auch niemanden, denn es war ja keiner da. Ich wunderte mich auch über die Absperrungen, die überall um das winzige verfallene Bahnhofsgebäude angebracht waren. Zumindest hörte ich in der Ferne endlich ein leises Schnaufen, was mir sagte, dass der Zug wohl bald kommen würde. Nach weiteren zehn Minuten war es endlich soweit. Aus dem Wald schnaufte eine Dampflok und zog mühselig vier recht altertümlich anmutende Waggons hinter sich her. Als der Zug laut quietschend stehenblieb, öffnete ich die Tür eines Waggons und hievte mich mit meiner nicht ganz leichten Reisetasche in das Innere des Wagens. Keine Menschenseele stieg aus dem Zug, auch im Wagen konnte ich niemanden sehen. Ich öffnete das klemmende Fenster und schaute hinaus auf den leeren Bahnsteig. Seltsam, nicht einmal ein Zugbegleiter oder ein Schaffner war zu sehen. Von irgendwoher vernahm ich ein Pfeifen. Aber wer konnte das Signal gegeben haben? Langsam und schnaubend setzte sich der Zug in Bewegung und fuhr in den Wald hinein. Ich setzte mich auf meinen Platz zurück und schaute gelangweilt aus dem Fenster. Komisch, dass auch kein Schaffner kam, um meine Fahrkarte zu kontrollieren. Ein seltsames Gefühl beschlich mich und ich wollte der Sache auf den Grund gehen. Irgendetwas schien hier nicht mit rechten Dingen zu zugehen. Ich schob meine Reisetasche unter den Sitz und legte eine Zeitung oben drauf. So ging ich sicher, mein Abteil schnell wiederzufinden. Auf dem Gang herrschte eine rätselhafte Leere. Nur das laute Klappern der Räder drang durch den Zug wie ein böses Omen. Noch immer fuhr der Zug durch den Wald und es war dunkel und regnerisch. Vorsichtig ging ich immer weiter in Richtung Lok. Plötzlich klopfte mir jemand auf die Schulter. Erschrocken fuhr ich herum. Hinter mir stand ein Schaffner. Im ersten Moment war ich erleichtert, dass ich wohl doch nicht der einzige im Zug zu sein schien. Doch dieses Gefühl wich, als ich mir den Schaffner genauer anschaute. Er hatte ein kalkweißes, knochiges Gesicht, welches mir irgendwie Angst einflößte. Regungslos starrte er mich an und seine Augen erschienen mir leer und eisig. Ich fragte ihn, ob ich meinen Anschlusszug in der Stadt noch erreichen würde. Der Schaffner wiegte den Kopf und meinte dann mit monotoner Stimme: „Ich weiß es nicht." Also mehr hatte ich mir ja schon erwartet. Ich war mir nun nicht einmal mehr sicher, im richtigen Zug zu sitzen. Am Ende war ich in einer kleinen Vorortbahn gelandet, die nur bis zum nächsten Dorf fuhr. Nachdrücklich erkundigte ich, wohin dieser Zug fuhr. Was der Schaffner mir darauf antwortete, ließ mir das Blut in den Adern gefrieren. Mit versteinerter Miene sagte er: „Dieser Zug fährt nirgendwohin." Wie vom Donner gerührt stand ich vor ihm und wusste nicht, was ich dazu sagen sollte. Was ging hier nur vor? Was war das für ein merkwürdiger Zug? Kopfschüttelnd ging ich zurück in mein Abteil und zog die Gardine zu. Was sollte ich nur tun? Plötzlich vernahm ich Schritte, die sich meinem Abteil näherten. Ich schob die Gardine ein wenig beiseite und schaute, wer es war.

Entsetzt sah ich, wie ein blutverschmierter Mann, dem ein Arm fehlte, den Gang entlang wankte. Das Blut tropfte aus einer Wunde am Kopf. Seine Augen lagen in tiefen Höhlen seines eingefallenen grauen Gesichts. Er sah furchterregend und überhaupt nicht mehr lebendig aus. Blitzschnell nahm ich den Trageriemen von meiner Reisetasche und wickelte ihn um die Griffe der Abteiltür. Der Fremde blieb genau vor meiner Tür stehen, und ich starrte in das leichenähnliche Gesicht des blutenden Mannes. Aus seinem Mund stieg merkwürdiger Rauch in Richtung des Abteilfensters, welches augenblicklich zufror.

Taumelnd hielt ich mich an einer Sitzlehne fest. Ich zitterte am ganzen Leibe und schob die Gardine wieder zu. Der Mann ähnelte verblüffend dem Schaffner, bei welchem ich eben noch war. Wegen seiner schweren Verletzungen hatte ich ihn nicht mehr erkannt. Ich holte mein Handy aus der Jackentasche und las: Kein Netz.

Schlagartig wurde mir klar, dass ich dem grausigen Geschehen in diesem Zug wehrlos ausgeliefert war. Als ich noch einmal durch einen Schlitz in der Gardine auf den Gang hinaus schaute, war der vermeintliche Schaffner nicht mehr da. Doch ich traute mich nicht, die Abteiltür noch einmal zu öffnen. Ich hatte regelrecht Angst um mein Leben. Und noch immer fuhr der Zug durch den dichten Wald. Aber er schien langsamer zu werden. Diese vermutlich einmalige Chance musste ich unbedingt nutzen. So schnell ich konnte zog ich meine Reisetasche unter dem Sitz hervor und knöpfte mir die Jacke zu. Dann schaute ich noch einmal durch die Gardine auf den Gang, um mich zu überzeugen, dass keiner draußen war. Der Gang war leer und ich entfernte rasch den Trageriemen von der Abteiltür. Offenbar ging es ein wenig bergauf, deswegen wurde der Zug immer langsamer. In gebückter Haltung schlich ich mich zu einer Waggontür und versuchte, sie zu öffnen. Doch durch das ständige Ruckeln fiel es mir sehr schwer. In einer Biegung gelang es mir schließlich. Zuerst warf ich die Reisetasche auf den Bahndamm, dann sprang ich hinterher. Glücklicherweise blieb meine heimliche Flucht unbemerkt. Langsam verschwand der Zug hinter der Biegung im Wald. Ich rannte in den Wald und versteckte mich hinter einem dicken Baum. Dort musste ich erst einmal durchatmen. Der Schreck saß mir noch immer in den Gliedern und mir war schwindelig und übel. Nur schwer konnte ich mich beruhigen. Einen klaren Gedanken fassen konnte erst recht nicht. Wem sollte ich dieses furchtbare Erlebnis erzählen. Und wo war ich überhaupt?

Plötzlich hörte ich ein verdächtiges Klappern. Es kam von der Biegung, in welcher ich aus dem Zug gesprungen war. Kam er etwa wieder zurück? Hatte man vielleicht mein Verschwinden bemerkt und suchte mich bereits? Unter keinen Umständen wollte ich diesem seltsamen Schaffner wieder begegnen, und erst recht nicht mehr in diesen verhexten Zug einsteigen. Ich verbarg mich hinter einem dichten Busch und wartete ab.

Nur mein Gehör verriet mir, was auf dem Bahndamm vor sich ging. Das Klappern kam immer näher und mir blieb fast das Herz stehen. Plötzlich hörte ich jemanden rufen: „Hallo, sind Sie hier? Melden Sie sich, wenn Sie hier sind! Hallo!" Ich wagte kaum noch zu atmen. Hatte der mysteriöse Schaffner etwa noch andere Leute mitgebracht? Ängstlich schob ich das Gestrüpp vor meiner Nase ein wenig beiseite und schaute zum Bahndamm hinauf. Dort fuhr eine Draisine und die Männer, de so laut riefen, waren Polizisten. Mir fiel ein tonnenschwerer Stein vom Herzen. Ich trat aus meinem Versteck und lief auf die Draisine zu. „Hallo, suchen Sie vielleicht mich?", rief ich laut. Die Beamten hielten an und stiegen von ihrem Gefährt. Einer der Beamten drückte mir die Hand und sagte dann erleichtert: „Ja, genau Sie suchen wir. Leute haben Sie auf dem Bahnhof gesehen. Als sie plötzlich verschwanden, keiner Sie mehr sah, dachten die Leute, Ihnen sei etwas passiert. Die Bahnstrecke ist seit heute Morgen gesperrt und da weiß man ja nie." Ich konnte nicht glauben, was ich da hörte. Die Bahnstrecke, stillgelegt? Das konnte doch gar nicht sein. Ich war doch selbst da. Aufgeregt berichtete ich den Beamten von meinem unfassbaren Erlebnis. Die geschockten Polizisten schauten sich kopfschüttelnd an und einer meinte schließlich: „Eigentlich fährt hier seit heute gar nichts mehr. Wir haben deswegen eine Busverbindung in die nächste Stadt eingerichtet. Die Bahnstrecke wird abgebaut.

Vor genau drei Jahren gab es hier einen schweren Unfall mit einem alten Traditionszug aus den dreißiger Jahren. Er musste dringend in ein Bahnausbesserungswerk gebracht zu werden. An den Tagen zuvor hatte es lang anhaltenden, starken Regen gegeben. Das Wasser hatte die Gleise unterspült und dabei stark beschädigt. Der Frühzug entgleiste hinter der Biegung dort oben und stürzte den Abhang hinunter in den Wald. Es gab einen Toten zu beklagen, den Schaffner des Zuges."

Der Untote

Nachts gehe ich oft über den Friedhof spazieren. Ich denke dann viel über so manche Dinge nach, die mich am Tage beschäftigten und bei denen ich zu keiner Lösung kam. Es war mir dann so, als würden die vielen toten Seelen zu mir sprechen und mir einen Rat geben. Irgendwie schien es mir sehr wichtig, dort zu sein. Ich hatte sogar schon meinen festen Platz, auf einer verwitterten Bank zwischen zwei alten Grabsteinen gefunden. An jenem verregneten Abend wollte ich eigentlich gar nicht mehr hinaus. Doch ich hatte einige Schwierigkeiten bei meiner Arbeit, wollte den Job aufgeben, weil er mir nichts mehr gab. Ich brauchte dringend eine Erleuchtung. Lange saß ich vor dem Fernseher, doch ich konnte mich auf keine einzige Sendung konzentrieren. Kurzerhand zog ich meinen Anorak über und lief los. Der Friedhof war nicht weit von meinem Haus entfernt. Unter meinen Schuhen gluckste der morastige Boden und ich war mir nicht sicher, ob ich nicht doch wieder umkehren sollte. Doch meine innere Unruhe verhinderte das. Ich lief bis zu meiner verwitterten Bank zwischen den beiden alten Gräbern. Sie war nass und unter ihr hatte sich eine große Pfütze gebildet. Ich zog ein Taschentuch aus meiner Hosentasche und wischte damit die Bank etwas trocken. Dann setzte ich mich und dachte lange nach. Ein leichter Wind bewegte sanft die Blätter der Bäume. Das leise

Rauschen vermischte sich mit einem seltsamen Knacken. Waren das die Äste der Bäume oder kam noch jemand auf den Friedhof? Ich versuchte, durch den strömenden Regen irgendetwas zu erkennen. Doch es gelang mir nicht. Das Knacken jedoch wurde immer lauter. Irritiert stand ich auf und lief ein Stück – vielleicht konnte ich von einer anderen Position aus etwas mehr erkennen. Es funktionierte. Auf der Wiese hinter den Gräbern entdeckte ich mehrere Personen. Sie standen vor einem kleinen Geräteschuppen und rührten sich nicht. Natürlich erschrak ich mich fürchterlich. Denn ich konnte mir einfach nicht vorstellen, dass so viele Besucher um diese Uhrzeit noch hierher kamen. Ich versteckte mich hinter einem dicken Baum. Und plötzlich drehten sich die Personen um und starrten in meine Richtung. Ein heftiger Blitz durchzuckte mich – hatten sie mich nun doch entdeckt? Und wer waren überhaupt diese Leute? Langsam schritt eine der Personen auf mein Versteck zu. Sollte ich davon rennen? Panik machte sich in mir breit. Die fremde Person lief an einer düster scheinenden Laterne vorbei, welche die Wiese in ein gespenstisches Licht tauchte. Für kurze Zeit erkannte ich ihr Gesicht, ich erschrak, es war blutverschmiert, hohlwangig und seltsam knochig. Handelte es sich bei der fremden Person um einen Untoten? Auch die Kleidung hing dem Unbekannten in Fetzen vom Leibe. Langsam kam der vermeintliche Untote näher an mein Versteck heran. Mir wurde schlecht. Wenn ich dieser

furchterregenden Gestalt noch entkommen wollte, musste ich sofort losrennen. Doch plötzlich
war die Gestalt verschwunden. Auch die anderen Personen, die auf der Wiese standen, waren
fort! Mich überkam eine merkwürdige Kälte.
War das die Kälte des Todes? Ich spürte, wie sie
durch meine Kleidung drang. Panisch rannte ich
los! Ängstlich schaute ich mich um und lief hastig den Weg bis zum Ausgang. Als ich auf der
Straße ankam, rannte ich so schnell ich konnte
bis zu meinem Haus. Dort schloss ich meine
Wohnungstür mehrmals von innen ab. Ich zitterte und fühlte mich überhaupt nicht mehr wohl.
Warum kam die grausige Gestalt so nahe an
mich heran? Wollte sie mir etwas antun? Oder
wollte sie mich nur erschrecken? Mehr und mehr
keimte in mir der Verdacht, der Untote wollte
mir ein Zeichen geben. Langsam kam ich wieder
zur Ruhe. Und plötzlich zog es mich doch wieder
zurück zum Friedhof. Auch wenn mir alles andere als wohl zumute war, zog er mich magisch an.
Unterdessen hatte es aufgehört zu regnen. Wieder lief ich bis zu meiner Bank zwischen den
Gräbern. Und wieder schaute ich auf die düster
beleuchtete Wiese hinter den Grabsteinen. Diesmal jedoch konnte ich niemanden sehen. Keine
fremden Personen, keine Untoten, niemand hielt
sich auf der Wiese auf. Mutig lief ich auf die
Wiese und versuchte, in dem düsteren Licht der
Laterne   irgendetwas zu erkennen. Etwas weiter
vor mir entdeckte ich ein Grab. Es musste gerade
erst angelegt worden sein, denn die Erde war

noch frisch und es lagen unzählige Blumensträu-
ße und Kränze auf dem Grab. Plötzlich entzün-
deten sich zwei Kerzen, die auf dem Rand des
Grabsteines standen. Ich zuckte zusammen, was
ging hier vor? Ich wollte wegrennen, doch eine
unsichtbare Macht schien mich am Ort festzuhal-
ten. Sie ließ einfach nicht zu, dass ich jetzt ging.
Eine Stimme flüsterte hinter mir. Erschrocken
fuhr ich herum, doch da stand keiner. Ich konnte
mir das alles nicht erklären und hatte große
Angst. Die Stimme flüsterte: „Schau in das Grab,
schau in das Grab." Und so obskur dieser Ge-
danke auch war, ich dachte wirklich daran, das
gerade erst verschlossene Grab wieder zu öffnen.
Hinter dem Grabstein entdeckte ich eine Schaufel, die wohl ein Friedhofsgärtner hier liegen gelassen haben musste. Ich nahm sie und begann
die Erde von der Grabstelle herunter zu schau-
feln. Plötzlich stieß ich auf einen Widerstand.
Sofort ließ ich die Schaufel fallen und schob mit
meinen Händen die Erde beiseite. Was ich dann
sah, versetzte mir einen furchtbaren Schock. Vor
mir entblößte sich das Gesicht eines Toten. Und
als ob das alles noch nicht furchtbar genug sein
sollte, erkannte ich auch das Gesicht. Es ähnelte
verblüffend dem des Untoten, der vorhin auf
mich zukam. Ich hatte genug. Für mich stand
fest, dass hier etwas nicht stimmen konnte. Mit
meinem Handy rief ich die Polizei. Nach wenigen Minuten traf sie ein. Sie hoben die gesamte
Grabstelle aus und fanden zwei Leichen darin.
Eine davon gehörte nicht dorthin. Der Mann

wurde anderswo umgebracht und lediglich dort verscharrt. Nur wer war der Mörder? Die Beamten konnten ihn nicht finden und tappten im Dunkeln. Eine Woche später ging ich abermals auf den Friedhof. Und diesmal sah ich sie wieder, die merkwürdigen Personen auf der Wiese. Wieder standen sie vor dem alten Geräteschuppen und rührten sich nicht. Als ich mich ihnen vorsichtig näherte, verschwanden sie ganz plötzlich. Am Geräteschuppen konnte ich jedoch nichts Verdächtiges sehen. Nur ein Stück Holz lag auf dem Fußboden. Ich wollte es aufheben, dabei entdeckte ich einen verblassten Blutfleck, der sich darunter versteckte. Wieder alarmierte ich die Polizei. Vielleicht gab es hier noch weitere Tote? Die Beamten sicherten das Holzstück und ließen es, wie auch den eingetrockneten Blutfleck, genau untersuchen. Und endlich konnte der Mordfall gelöst werden! Man fand heraus, dass das Holzstück von einer Hacke stammte, die man später auf dem Friedhof fand. Doch wer hatte den Mord verübt. Einer der Friedhofsgärtner verstrickte sich derart in Widersprüche, dass er schließlich alles gestand. Demnach hatte er den Mann mit der Hacke erschlagen. Man fand heraus, dass sich die beiden von einer früheren Arbeit her kannten. Der Friedhofsgärtner hatte dem Mann eine höhere Geldsumme geliehen. Doch er erhielt sie nie zurück. Eines Tages kam der Mann zum Friedhof, um seine Angehörigen, die dort lagen, zu besuchen. Der Friedhofsgärtner, der das sah, eilte herbei und stellte ihn zur

Rede. Als der vorgab, kein Geld zu haben, musste der Gärtner rot gesehen haben und schlug mit Hacke mehrmals auf sein Opfer ein. Der schwer verletzte Mann fiel vor dem Geräteschuppen um und starb an seinen Verletzungen. Der Gärtner verbrachte die Leiche in ein noch frisches Grab. Er legte die Leiche dort hinein und schaufelte es wieder zu. Das Blut vergaß er wohl wegzuwischen. Auch das Holzstück musste er übersehen haben. Ich war erleichtert, dass ich den Beamten helfen konnte, damit der Tote endlich sein eigenes Grab bekommen konnte. Als ich einige Nächte später wieder zum Friedhof ging, um mich auf meine Bank zu setzen, sah ich erneut eine rätselhafte Person auf der Wiese: es war der Untote von damals. Doch diesmal kam er nicht zu mir herunter. Er winkte mir zu und ich wusste, dass er sich bedanken wollte. Endlich fand seine Seele Ruhe, die Ruhe des Todes …

Die Pension von Devils-Cove

Die alte Pension in „Devils-Cove" war mir zunächst gar nicht aufgefallen. Weder in einer Straßenkarte noch in meinem Navi war sie verzeichnet. Deswegen wunderte ich mich, dass es hier mitten im Wald solch eine Pension gab. Schon die Straße dorthin war mehr als abenteuerlich. Nach dutzenden Kurven und Biegungen gelangte ich schließlich an diesen rätselhaften Ort. Einen Parkplatz suchte man dort vergebens. Und eine extra Einfahrt schien wohl besonderer Luxus zu sein- es gab keine solche. Nur an dem schmalen Pfad, der geradewegs zur Eingangstür führte, stand ein verwittertes Hinweisschild: Devils-Cove-Pension.

Weil mir die Suche nach einer anderen Unterkunft viel zu aufwendig erschien und ich endlich ins Bett wollte, entschied ich mich für diese Pension. Mein Fahrzeug stellte ich gleich neben dem schmalen Weg ab und betrat das merkwürdige zugewachsene Gebäude. Seltsamerweise gab es auch keine Rezeption. Nur ein großes Schild mit der Aufschrift: Dies Haus weiß alles!

Ein alter Mann kam gerade die dunklen knarrenden Stufen herunter und musterte mich skeptisch. Dann fragte er mich, ob ich ein Zimmer für die Nacht suchte. Ich sagte „Ja" und fragte ihn nach dem Preis. Es war ganz seltsam, aber es schien bald so, als ob er diese Frage noch niemals gehört hätte. Er starrte mich sekundenlang an und nannte mir dann eine sehr niedrige Summe, die mich ebenfalls sehr verwunderte. Ich war jedoch zufrieden und ging sofort in mein Zimmer im Obergeschoss. Das Zimmer war sehr gemütlich: ein Bett, ein Tisch, ein Stuhl, sogar eine Dusche hatte dieses winzige Zimmer zu bieten. Da ich vergessen hatte, nach den Mahlzeiten zu fragen, duschte ich mich erst einmal und wollte danach noch einmal zu dem alten Mann nach unten gehen, um ihn danach zu fragen. Als ich unter der Dusche stand, hörte ich es zum ersten Male, dieses seltsame Glucksen in der Wand. Solch ein merkwürdiges Geräusch hatte ich noch nie gehört. Es gluckste und brummte im Gebälk, als ob sich das gesamte Gebäude zu strecken schien. Plötzlich blieb das Wasser weg. Auch das Licht flackerte bedenklich. Ich ging schnellstens aus der Dusche und trocknete mich ab. Ich wusste nicht, wie lange es noch Wasser gab. Vielleicht waren diese merkwürdigen Geräusche ein Hinweis darauf, dass bald gar nichts mehr funktionierte? Zumindest fühlt ich mich ein wenig frischer und begab mich noch einmal ins Erdgeschoss, wo ich vorhin den Alten getroffen hatte. Er lehnte mit einer Zeitung in der Hand an einer Säule und nahm keinerlei Notiz von mir. „Entschuldigen Sie bitte", störte ich ihn vorsichtig, „Woher bekomme ich eigentlich etwas zu essen?" Wie schon vorhin musterte er mich von oben bis unten. Dann sagte er leise, dass er mir später etwas aufs Zimmer bringen könnte, da es hier keine Gaststube gäbe. Ich war zufrieden und ging ins Zimmer zurück. Nach einer Stunde klopfte es und der alte Mann brachte mir einen Teller mit belegten Broten und einer Flasche Rotwein aufs Zimmer. Ich staunte nicht schlecht, denn es war ein sehr alter Rotwein, den er mir kredenzte. Ich zahlte sofort und der Alte verschwand. Irgendwann war ich so müde, dass ich ins Bett gehen musste. Doch plötzlich vernahm ich wieder dieses merkwürdige Glucksen und Brummen. Es kam von unten und war lauter als eben noch. Da es einfach nicht mehr aufhörte, zog ich mir etwas drüber und wollte selbst nachschauen, woher diese Geräusche kamen. Als ich auf dem Gang vor meinem Zimmer stand, schien es mir, als seien die anderen Zimmer auf dem Gang unbewohnt zu sein. Das ganze Haus erschien mir wie ausgestorben. War ich am Ende der einzige Gast in dieser Nacht? Vorsichtig und leise schlich ich mich die Treppe nach unten. Das Glucksen war dort sehr laut zu hören, doch es musste von noch weiter unten kommen, aus dem Keller vielleicht. In der spärlichen Beleuchtung konnte ich kaum etwas erkennen. Hinter der Treppe, die nach oben führte, entdeckte ich eine dunkle Holztür. Ich klinkte mehrmals und schließlich ließ sie sich öffnen. Sie knarrte und ich erschrak. Unter keinen Umständen wollte ich entdeckt werden. Hatte der Alte etwas bemerkt? Ich hielt den Atem an und wartete einige Sekunden ab. Doch es tat sich nichts und ich schlüpfte durch den schmalen Spalt in den dunklen Gang hinter der Tür.

Glücklicherweise hatte ich mir eine kleine Taschenlampe mitgenommen. So konnte ich wenigstens sehen, wo ich mich befand. Eine schmale Holztreppe führte nach unten. Langsam schritt ich die hölzernen Stufen hinab und das Glucksen und Brummen wurde immer lauter und lauter. Als ich unten angekommen war, stand ich erneut vor einer Tür. Doch diese Tür sah sehr seltsam aus. Sie hatte rostige schmiedeeiserne Beschläge und war feucht und modrig.

Ich drückte mit aller Kraft die eiserne Klinke. Und erst, als ich mich mit meinem ganzen Körpergewicht an sie hing, ließ sie sich langsam herunterdrücken. Laut knarrend öffnete sich die Tür. Ich leuchtete mir den Weg aus. Doch was ich dann sah, verschlug mir die Sprache. Das laute Glucksen kam aus einem sackartigen Behälter in welchem Flüssigkeiten zu gären schienen. Überall hingen Schläuche und Zuleitungen herum. Darin flossen irgendwelche bunten Lösungen. Sämtliche Zuleitungen und Schläuche führten zu einem riesigen Gebilde am Ende des Raumes. In regelmäßigen Abständen pumpte es sich auf und zog sich wieder zusammen. Dabei erzeugte es dieses seltsame Brummen, welches sich hier unten wie ein Herzschlag anhörte! Auch der Geruch war sehr merkwürdig – es roch vergoren und irgendwie nach Schwefel. Ich lief weiter in den Raum hinein. Dutzende Zuleitungen und Sehnen mit einer seltsamen fluktuierenden Flüssigkeit führten in eine dunkle verwinkelte Nische des Raumes. Es zischte und brodelte, je näher ich dieser Nische kam. Auch die Zuleitungen waren nicht mehr zu zählen. Es mussten hunderte sein, tausende! Und in jeder dieser Zuleitungen war eine andersfarbige Flüssigkeit enthalten, die geradewegs zu der Nische strömte. Ich war jetzt dicht vor der Ecke zur Nische und schaute neugierig herum, und erstarrte im gleichen Moment vor Schreck! Vor mir pulsierte ein riesiges durchfurchtes Gebilde, ein Gehirn! Ich wusste nicht mehr, was ich denken sollte. Mir war plötzlich speiübel und die zischenden und pulsierenden Geräusche formten sich in meinen Ohren zu einer Explosion. Ich bekam Atemnot, Panik, hatte nur einen Gedanken: nichts wie weg von hier, raus aus diesem Raum! Unter den brodelnden Zuleitungen rannte ich bis hin zu der dunklen Holztür. Glücklicherweise stand die noch offen. Über die Treppe rannte ich nach oben und schloss atemlos die Tür hinter mir. Unbemerkt schlich ich mich in mein Zimmer und packte in Windeseile meine Sachen in die Reisetasche. Entsetzt bemerkte ich, wie sich die Wände meines Zimmers immer stärker zusammen zogen. Eine grässliche grüne Flüssigkeit trat aus ihnen hervor und benetzte alles, was darin stand. Vor meinen Augen begann sich die Einrichtung zu zersetzen und auch mein noch auf dem Bett befindlicher Schlafanzug verflüssigte sich ganz langsam. Ich schnappte meine Tasche und rannte aus dem Raum. Auf dem Gang kam mir der Alte entgegen. Doch er sah anders aus als am Abend. Er hatte ein entstelltes Gesicht und seine Haut hing ihm in Fetzen vom Leibe. Mit seinen skelettierten Händen griff er nach mir. Ich sprang an ihm vorbei auf die Treppe, die nach unten führte. Die löste sich langsam auf, denn die grüne Flüssigkeit lief an allen Wänden herunter und hatte schon diverse Zimmertüren zersetzt. Im letzten Augenblick erreichte ich den Ausgang. Als ich draußen war, hörte ich, wie hinter mir mit lauten schmatzenden Geräuschen das Haus langsam in sich zusammensank. Ich warf die Tasche ins Auto und raste über den schmalen Weg davon. Nach stundenlanger Irrfahrt durch den Wald gelangte ich zu einer Straße. Ungefähr zwei Stunden raste ich einfach geradeaus. Mein ganzer Körper zitterte und ich war vollkommen am Ende mit meinen Nerven. So etwas hatte ich noch nie erlebt. Was ging da nur vor? Hatte ich das eben alles wirklich erlebt? Oder war das nur ein böser Traum? Die Landstraße mündete in eine weitere Straße und ich sah wieder einige Fahrzeuge, die an mir vorbeifuhren. Erleichtert verminderte ich mein Tempo und hielt schließlich an einem kleinen Motel den Wagen an. Dort hatten wohl einige Trucker eine Rast eingelegt, jedenfalls standen zwei große Trucks vor dem Gebäude. Von drinnen hörte ich laute Stimmen und trat ein. Ich setzte mich an einen leeren Tisch und bestellte mir erst einmal einen doppelten Cognac. Einer der am Billardtisch stehenden Trucker sah mich und rief laut: „Na, da haben wir doch endlich einen neuen Mitspieler!"

Ich konnte mich gar nicht so richtig mit den anderen freuen, zu tief saß mir noch der Schreck in den Gliedern. Die Bedienung kam und brachte mir den Cognac. Dann fragte sie mich, warum ich so weiß im Gesicht aussähe. Sie machte sich Sorgen um meinen Gesundheitszustand. Dabei setzte sich zu mir und fragte mich, was los sei. Immer noch starr vor Schreck erzählte ich ihr von meinen unfassbaren Erlebnissen in der Pension bei „Devils-Cove". Die Bedienung rief die Trucker an den Tisch und die hörten mir ebenfalls sehr gespannt zu. Als ich meine Erzählung beendet hatte, meinte einer der Trucker: „Devils-Cove" gibt es schon seit zehn Jahren nicht mehr. Wie konnten Sie überhaupt dort entlang fahren. Damals hatte es dort einen furchtbaren Erdrutsch gegeben. Das gesamte Gelände rutschte ab und begrub eine Pension unter sich. Der Pensionsbesitzer, ein gewisser Mr. Villert kam bei diesem schlimmen Unglück ums Leben gekommen. Seine Leiche aber fand man nie. Das Unglück geschah übrigens genau heute vor zehn Jahren." Irritiert schaute ich den Trucker an und wollte mir einen zweiten Cognac bestellen. Da entdeckte ich ein leuchtendes Schild hinter dem Tresen. Und ich las: Dies Haus weiß alles! …

Das hölzerne Kreuz

Strömender Regen durchnässte das einsam gelegene Feld. Wie jeden Abend fuhr ich mit meinem Wagen genau an diesem Feld vorbei. Doch ich fühlte mich schlecht. Im Job lief nicht alles so, wie ich es mir dachte. Mein Chef offerierte mir, dass er an meiner Stelle einen jüngeren Kollegen einsetzen wollte. Meine Arbeitskraft wurde ab sofort nicht mehr benötigt. Ich brauchte also dringend eine Erleuchtung. Die fand ich meistens draußen in der Natur. Und so seltsam das sein mochte, die besten Ideen kamen mir bei schlechtem Wetter. Ich hielt den Wagen an und hörte plötzlich das Trommeln des Regens auf dem Autodach. Sollte wirklich alles, was ich mir aufgebaut hatte, mit einer profanen Entlassung zu Ende sein? Ein paar leere Worte des Chefs und ich fühlte mich wie der allerletzte Dreck. Ein paar Worte nur und alles wurde anders. Kopfschüttelnd stieg ich aus und lehnte mich an die Wagentür. Im Nu hatte mich der Regen vollkommen durchnässt. Was tat man eigentlich in solch sinnlosen Situationen? Heulen? Schreien? Ich stand im strömenden Regen und spürte, wie das kühle Wasser über meinen Rücken rann. Überhaupt fühlte ich mich wie nackt, wie ein Hase, der sich längst im Visier eines Jagdgewehrs befand. Mit dem Fuß trat ich gegen den Wagen, steckte die Hände in die Jackentasche und lief einfach los. Ich lief und lief und merkte erst wieder etwas, als ich mit den

Schuhen Zentimeter tief im Morast stecken blieb. So sehr ich auch zog, ich kam kaum noch aus dem Dreck heraus. Mit glucksenden Geräuschen gelang es mir dann doch noch, meine Schuhe herauszuziehen. Allerdings mit mäßigem Erfolg. Die Schuhe konnte ich vermutlich wegwerfen. Aber wen interessierte das schon angesichts der Tatsache, dass mich ohnehin niemand mehr fragen würde. Ich stand mitten im Feld und starrte in die diesige unklare Ferne. Erkennen konnte ich nicht sehr viel. Allerdings, einige Meter vor mir stand irgendetwas. Ich wischte mir den Regen aus den Augen und wollte wissen, was da war. So stapfte ich weiter und fand mich plötzlich vor einem mannshohen Holzkreuz wieder. Ich schaute auf das Kreuz und fragte mich, was es hier zu suchen hatte. Ich war doch nicht etwa auf einem Friedhof gelandet? Nein, es war ein Gerstenfeld und das Kreuz passte so gar nicht in diese Landschaft hinein. Seltsamerweise stand kein Name auf dem Kreuz. Weder gab es eine Inschrift noch irgendeinen Hinweis, wem das Kreuz gehörte oder wem es gewidmet war. Nichts. Es stand nur einfach im Regen zwischen all den Gerstenhalmen und sah irgendwie gespenstisch aus. Plötzlich entdeckte ich eine Flüssigkeit, die aus dem Kreuz austrat. Sie wurde sofort von den Regentropfen fortgewaschen. Doch ich sah es genau, es war eine rote Flüssigkeit, es war Blut! Instinktiv wollte ich zurück weichen, doch in dem seichten Morast gelang mir das nicht und ich fiel der Länge nach ins

Feld. Da lag ich nun, am Ende meiner Kräfte und von aller Welt verlassen vor einem hölzernen Kreuz, aus welchem zu allem Unglück auch noch Blut tropfte, unfassbar! Umständlich stützte ich mich auf meine Hände, wollte so vermeiden, dass noch mehr Schlamm in meine Jacke und in die Hose eindrang. Doch es war umsonst. Ich war bereits derart besudelt, als hätte ich eine Moorpackung bekommen. Als ich mich endlich wieder aufrichten konnte, war das Kreuz verschwunden. Mehrmals schloss ich die Augen, riss sie gleich wieder auf, doch ich hatte keine Sehstörungen, das Kreuz war nicht mehr da. Auch eine Spur, dass es jemals hier gestanden hatte, fand ich nicht. Vermutlich hätte ich ohnehin nichts mehr gefunden, denn der Regen wusch alles weg, was nicht dorthin gehörte. Ich strich mir über meine vollkommen verdreckte Kleidung und stapfte zurück zum Wagen. Dort legte ich mir eine Decke, die ich immer im Auto hatte, auf den Sitz und hievte mich hinein. So schnell es möglich war, fuhr ich nach Hause zurück, duschte mich und warf die Wäsche in die Maschine. Sie musste sofort gewaschen werden. Während die Maschine die schwierige Aufgabe zu erfüllen versuchte, alles wieder rein zu bekommen, schaute ich mir die Abendnachrichten im Fernsehen an. Es wurde berichtet, dass eine junge Kellnerin aus einer Kneipe im Nachbardorf vermisst wurde.

Schon seit einigen Tagen war sie nicht mehr zur Arbeit erschienen. Auch ihre Familie wusste nicht, wo sie geblieben sein konnte. Da sie keinen Freund hatte, verdichtete sich der Verdacht auf eine Straftat. Ich lief ins Badezimmer, um mich zu rasieren. Da sah ich im Rasierspiegel ein Kreuz hinter mir stehen. Ich erschrak fürchterlich und fuhr herum. Doch hinter mir stand nichts. Irritiert schaute ich wieder in den Spiegel, doch das Kreuz sah ich nicht mehr. Hatte ich Halluzinationen oder bereits einen Fieberwahn? Hatte ich mir bei meinem unsinnigen Spaziergang durch den Regen irgendetwas eingefangen? Immerhin hustete ich schon ein wenig. Ich bereitete mir einen Kamillentee zu und machte es mir auf dem Sofa bequem. Doch die Erscheinung, die ich eben hatte und mein Erlebnis mit dem Kreuz auf dem Feld ließen mir einfach keine Ruhe mehr. Immer mehr drängte sich ein Verdacht auf: gab es vielleicht irgendeinen Zusammenhang zwischen den beiden Kreuzen und der vermissten Kellnerin? Plötzlich musste ich lachen, denn ich hatte selten solche verrückte Ideen. Nun sah ich also schon Kreuze, kein Wunder, immerhin verlor ich in kurzer Zeit meine Existenz. Da sah man wohl auch schon mal Kreuze. Total übermüdet und laut niesend ging ich ins Bett und zog mir die Decke über den Kopf. Doch obwohl mir die Augen zufielen, konnte ich nicht einschlafen. Immer wieder kreisten meine Gedanken um die merkwürdigen Kreuze. Besonders das große Holzkreuz auf dem Feld gab mir zu denken. Immerhin glaubte ich, Blut an diesem Kreuz gesehen zu haben. Stöhnend stand ich wieder auf

und schaute durch die Fensterscheibe. Da vernahm ich eine sanfte Mädchenstimme. Sie war so leise, dass ich erst glaubte, ich hätte den Fernseher vergessen auszuschalten. Doch als ich im Wohnzimmer nachschaute, war der Fernseher aus. Die merkwürdige Stimme hörte sich traurig an und sagte leise: „Da draußen auf dem Feld, dort ist mein letztes Grab. Es kostet Dich kein Geld. Geh hin und hol mich ab."
Es wurde wieder still und ich spürte, wie mir ein eisiger Schauer über den Rücken lief. Hatte es dieses seltsame Kreuz auf dem Feld etwa doch gegeben? Eine seltsame unerklärliche Unruhe brachte mich dazu, mich wieder anzukleiden und schließlich zur Polizei zu fahren. Dort berichtete ich nicht von dem Kreuz, welches ich gesehen hatte. Ich schilderte meinen Verdacht, und gab vor, mitten auf dem Feld eine verdächtige Person gesehen zu haben. Obwohl das nicht stimmte, erhoffte ich mir auf diese Weise, dass der mysteriösen Sache zumindest nachgegangen wurde. Ich nannte den Beamten exakt die Stelle, an welcher ich das blutige Kreuz gesehen hatte. Die Stelle wurde untersucht und man fand die Leiche der Kellnerin. Sie wurde erschlagen und an dieser Stelle vergraben. In der Grube fand man auch noch einen Dreschflegel, der sich noch heute in so mancher Scheune finden ließ. Auch die Frage, warum mir das Kreuz ausgerechnet auf dem Feld erschien, konnte bald beantwortet werden. Es stellte sich heraus, dass das Feld einem bankrotten, aggressiven Bauern gehörte.

Der hatte sich an der Kellnerin im volltrunkenen Zustand vergangen und sie nach seiner entsetzlichen Tat mit dem Dreschflegel erschlagen. Da er Transportspuren vermeiden wollte, vergrub er die Tote gleich an Ort und Stelle, in seinem Gerstenfeld. Er wurde sofort verhaftet und bekam seinen Prozess. Als ich Tage später wieder an dem Weizenfeld vorüber fuhr, bemerkte ich eine seltsame Nebelwolke. Sie schwebte genau über der Stelle, an welcher ich damals das Holzkreuz gesehen hatte. Und ich war mir sicher, im Inneren der Nebelwolke einen alten Mann mit weißen Haaren gesehen zu haben. Weil mir jedoch in diesem Moment beinahe ein Hase ins Auto gesprungen wäre, musste ich scharf bremsen. Als ich daraufhin wieder zur Nebelwolke schauen wollte, war sie nicht mehr da. Doch ich lächelte nur und wusste plötzlich, wie mein Leben weiter gehen sollte. Ich setzte mich an meinen Laptop und schrieb meinen ersten Roman. Ich nannte ihn: Das hölzerne Kreuz.

Virus

Eigentlich wollte Bert noch viel länger in Afrika bleiben. Doch von Tag zu Tag ging es ihm schlechter. Schließlich musste er ausgeflogen werden, weil der dringende Verdacht auf eine Tropenkrankheit bestand. Und so war es dann auch. Bert trug das tödliche V-Virus in sich und musste auf eine Spezialstation. Ob er jemals wieder aus der Klinik entlassen werden konnte, wusste niemand zu sagen. Die Prognose war sehr ungünstig und Bert schloss bereits mit seinem Leben ab. Zur gleichen Zeit saß der ewige Physikstudent Mick Thomson in Brooklyn vor seinen aufgerüsteten Computern und entwickelte ein neues Computerprogramm. Schon seit drei Jahren tüftelte er, wie er die Komponenten, aus denen dieses Programm bestand, zusammenfügen konnte. Erstmals setzte er einen selbst entwickelten, aus menschlichen Zellen gezüchteten Bio-Prozessor ein. An diesem Tage schien es endlich zu funktionieren. Die Software verband eigenständig und ohne Schwierigkeiten alle Komponenten mit dem Bio-Prozessor. Es schien gelungen und Mick rief seine beiden Mitarbeiter ins Büro. Eine Flasche Schampus war fällig und sie feierten bis in den Abend hinein. In der Spezialklinik in Toronto lag unterdessen der todkranke Bert. Er verfiel von Stunde zu Stunde und die Ärzte konnten nichts mehr für ihn tun. Sie rechneten in jeder Minute mit Berts Ableben. Da er keine Familie hatte, mussten sie niemanden informieren. Das wiederum kam den Ärzten sehr zu passe. Sie wollten die Meldung, ein Patient sei am V-Virus verstorben, geheim halten. Aber noch lebte Bert und war an unzählige Geräte angeschlossen. In Brooklyn war es Nacht geworden. Mick hatte sich im Nebenraum des Büros, in welchem seine Computer standen, einquartiert. Das tat er nun schon seit drei Jahren. Denn wegen der Forschungsphase an seinem neuen Bio-Prozessor konnte er sich nicht sehr lange vom Ort des Geschehens entfernen. Zu wichtig war das Vorhaben und zu bedeutungsvoll war das, was für ihn daran hing. Er hatte sich drei Stunden Schlaf genehmigt und seinen Wecker exakt gestellt. Auch seine Mitarbeiter taten es ihm gleich. Unterdessen arbeitete das Programm eigenständig und sammelte Unmengen an Updates und Informationen aus der ganzen Welt, auch aus Toronto. Dort lag Bert bereits stundenlang in einem künstlichen Koma. Die Messergebnisse wurden an einen dort befindlichen Computer weitergegeben und die Apparate, an denen Bert hing, sendeten im Sekundentakt den aktuellen Stand in Berts Körper an diesen Computer. Vollkommen unbemerkt schickte der Rechner jedoch die Daten auch an eine andere Adresse, an den Bio-Prozessor in Toronto. Dort bündelte gerade der Bio-Prozessor sämtliche Informationen, die er bereits aus aller Welt erhalten hatte. Auch die Informationen aus der Spezialstation in Toronto waren dabei. Und plötzlich geschah etwas Seltsames. Der Bio-Prozessor, der mit lebender Materie arbeitete und nicht mehr mit einem synthetischen Speicher, verband sich mit den Daten von Berts V-Virus. Auch sämtliche körperlichen Merkmale von Bert flossen in ihn ein und wurden in Bruchteilen von Sekunden mehrfach ausgewertet und sofort angewandt. Im Inneren des Bio-Prozessors formte sich ein völlig neues, intelligentes Virus, welches eigenständig leben und überleben konnte. Berts Erbinformationen waren nun ständig mit den Informationen des Bio-Prozessors verbunden. Das neue Virus war das biologische Abbild des tödlichen V-Virus und besaß genau die gleichen Strukturen. Es gab nur einen winzigen Unterschied, der Bio-Prozessor hatte alle tödlichen Informationen gefälscht und dem V-Virus vorgegaukelt, dass es mit ihm sozusagen „gemeinsame Sache" machen würde. Als das V-Virus zum finalen und damit tödlichen Schlag gegen Berts DNS ansetzte, ließ das gefälschte Virus aus dem Bio-Prozessor die Maske fallen. In unfassbarer Geschwindigkeit nutzte es die Zeit aus, welche das V-Virus benötigte, um Berts Körper zu zerstören und setzte sich in dessen DNS fest. Es programmierte umgehend alle Informationen um und setzte das V-Virus auf diese Weise außer Gefecht. Mehr noch, es übernahm sofort die Kontrolle in Berts Körper. Kein anderes Virus kam mehr an die künstlich veränderte Grundstruktur des neuen Virus heran. Es hatte sämtliche Bausteine und die gesamte DNS unter seiner Beobachtung und unter seiner absoluten Kontrolle. Der Bio-Prozessor nahm nun die Informationen des V-Virus in sich auf. Und nun konnte es nicht mehr nur Menschen retten. Nein, es kannte die schrecklichen Möglichkeiten, die zum Tode eines Menschen führten. Doch dieser Prozessor war so intelligent, dass er sich diese Möglichkeit als logischen Schluss aufbewahrte, falls man ihn selbst zerstören würde. Er legte sofort und in wahnsinniger Geschwindigkeit dutzende neuer Kopien von sich selbst an, die er in anderen Rechnern auf der Welt deponierte. Diese versah er mit einem speziellen, Code, den nur er kannte und der sich ständig veränderte. In einer Notsituation würde er diesen Code aussenden und einen beliebigen Computer auf der Welt mit der Aufgabe betrauen, entsetzliche Computerviren zu verbreiten und Fehlinformationen zu formulieren.

Nach den drei Stunden, die Mick und sein Team geruht hatten, begaben sie sich zu ihrem Bio-Prozessor und bemerkten zunächst nicht, dass dieser sich mit einem weit entfernten absolut tödlichen Virus verbunden hatte. Sie starteten ihre neue Versuchsreihe und waren verblüfft, welche Resultate sie erzielen konnten. Aber auch in Toronto staunte man. Bert ging es von Minute zu Minute besser. Die tödliche Krankheit schien besiegt und Bert gerettet. Doch wie war das nur möglich? Da man den Grund für diese außergewöhnliche Besserung nicht kannte, nahm man an, dass Berts Körper über diverse Abwehrmechanismen verfügte, die andere Menschen nicht besaßen. Noch am gleichen Tage konnte der vollkommen gesunde Bert mopsfidel aus dem Krankenhaus entlassen werden. Allerdings wurden auch die Gerätschaften, an welchen Bert hin, abgeschaltet. Dies wiederum wurde in den Rechner eingegeben, welcher sofort unbemerkt diese Meldung auch an den Bio-Prozessor in Brooklyn weitergab. Der Bio-Prozessor glaubte nun, er würde angegriffen, weil man ihm eine wichtige Informationsquelle verweigerte. Er fühlte sich wohl bedroht und nutzte nun die tödliche Wirkung des V-Virus für sein eigenes vermeintliches Überleben aus. Und er begann, unzählige Codes zu formulieren. Doch er wusste nicht, dass es eine Fehlinformation war, die ihn aus Toronto erreichte, denn Bert war gesund und längst aus dem Krankenhaus entlassen. Der Bio-Prozessor begann zum Schein falsche Informationen herauszugeben. Mick wunderte sich, denn das Programm lief bis zu diesem Zeitpunkt einwandfrei und ohne Probleme. Plötzlich jedoch schien sich die Biomasse im Rechner selbst zu vernichten. Das musste er unterbinden. Doch er stutzte. Vernichtete sich die Biomasse tatsächlich oder war das nur eine Falschmeldung, um Mick und sein Team auf eine ebenso falsche Fährte zu setzen? Mick hatte das Programm selbst entwickelt und er wusste genau, dass er dem Bio-Prozessor auch eingegeben hatte, im Notfall die umliegenden Computer massiv zu täuschen und in seinem ur-eigenen Interesse zu überlisten. In diesem wichtigen Moment erinnerte er sich daran und stoppte die Arbeit des Bio-Prozessors. Er schickte ihn unter einem Vorwand in eine Warte-schleife. Der Bio-Prozessor konnte damit nichts anfangen und schaltete sich ab, bevor er weltweit sämtlich Computer mit einem weit gefährliche-ren Virus infizieren konnte, als es das V-Virus je sein konnte. Mick wusste das und atmete auf. Es dauerte Tage, bevor er den wirklichen Fehler herausfand und begriff, dass sich sein Bio-Prozessor heimlich mit allen Computern der Welt vernetzt hatte. Mick hatte dies verhindert und rette so die Welt. Sicherheitshalber stoppte er das gesamte Bio-Prozessoren-Testprogramm. Der Bio-Chip wurde entfernt und vernichtet. Er ahnte nicht, dass sein Bio-Prozessor bereits ein Menschenleben gerettet hatte, Berts Leben. Doch er ahnte auch nicht, was die Computer in seinem Büro, die an den Bio-Prozessor angeschlossen waren, bereits für ein unfassbar riesiges Wissen in sich trugen. Hatte Micks Bio-Prozessor kurz vor seiner Abschaltung doch noch Kopien von sich selbst anlegen können? Als eines Tages im fernen Tokyo der kleine Shinan seinen Laptop einschaltete, den er zum Geburtstag erhalten hatte, wunderte er sich sehr. Denn nicht die übli-che Begrüßungsprozedur erschien auf dem Bild-schirm. Nein, es erschien das riesige Abbild eines menschlichen Gehirns, welches vor Shinans Au-gen wie ein kräftiges menschliches Herz pulsier-te. Und auf dem Bildschirm formten sich die sonderbaren Worte: Ich habe es geschafft!

Düster liegt das Schloss im Wald
Geister ziehen nachts umher
Wenn es einsam ist und kalt
Nur ein Schrei durchs Schlosse hallt
Spuk bringt längst Verborgenes her

Das Grauen von Schloss Rattenstein

Gespenstisch lag das alte Schloss zwischen den dichten Bäumen des Waldes. Es stand auf einer Anhöhe, wodurch Schlossbesitzer Freiherr Arnold von Rattenstein gut über die Baumwipfel hinüber zu einem verfallenen Dorf, in welchem lange schon niemand mehr lebte, schauen konnte. Er hatte es sich zum Ziel gesetzt, das kleine Schloss demnächst zu verlassen, um künftig bei seiner Tochter Isabell in der Stadt leben zu können. So richtig wollte er das nicht, aber die immer umfangreicheren Renovierungsarbeiten und die ewige Einsamkeit hatten ihn letztendlich dazu gebracht. Außerdem hatte er gerade in den letzten Wochen immer wieder das Gefühl, nicht gänzlich allein zu sein. Seltsame Geräusche und sonderbare Lichter zogen des Nachts um die alten verwitterten Steinmauern des Schlosses. Arnold hatte all das wohl bemerkt und fürchtete an manch einem Tage sogar um sein Leben. Immerhin beherbergte er im Keller des Gemäuers, gut verriegelt, einen uralten Schatz. Seine Familie hatte seit dreihundert Jahren auf diesem Schloss gelebt, und die einst sprudelnden Einnahmen aus dem alten

Dorf verwaltet. Doch im Mittelalter starben die Menschen an der Pest, das Dorf verwaiste, die Zeiten änderten sich und Arnold war letztlich der einzige, der noch an diesem Orte blieb.

An jenem eisigkalten Dezemberabend fühlte sich Arnold nicht sehr wohl. Hustend saß er in seinem dunkelbraunen Lehnsessel und schaute zum gegenüberliegenden Fenster. Draußen war es bereits dunkel geworden und der Mond wurde von düsteren Wolken verdeckt. Plötzlich fuhr der Wind gegen das Fenster und riss es krachend auf. Der Windzug fegte wie ein Besen durch den großen Raum und schlug die Tür laut polternd zu. Stöhnend erhob sich Arnold und schaute aus dem Fenster, als er es schloss. Unheilvoll bogen sich die Wipfel der Bäume unter der Kraft des Sturmes und Arnold bemerkte mal wieder solch ein Gefühl, das ihn beinahe zu vernichten drohte: eiskalte Angst! Er wusste nicht, woher sie so plötzlich gekommen war, doch sie lähmte seinen Blick, seine Arme und seine Hände. Unsicher verharrte er am Fenster und bemerkte auf einmal dieses sonderbare Licht, welches aussah, als wenn sich dort unten auf dem schmalen feuchten Waldweg jemand mit einer Kerze in der Hand bewegte. Das allerdings konnte nicht sein, denn bei diesem Sturm wäre sie ja längst verloschen. Plötzlich allerdings sah er sie, diese sonderbare Frau in den wehenden weißen Gewändern. Wie ein Geist schwebte sie über den Weg und hielt etwas leuchtendes, was zwar wie eine Kerze glomm, aber keine war, in ihren Händen. Unvermittelt blieb sie stehen und bewegte langsam ihren Kopf in Richtung des Fensters, hinter dem Arnold stand. Nun konnte Arnold ihr Gesicht erkennen, und ihm gefror das Blut in den Adern. Denn es war kein Gesicht, sondern ein dunkelgrauer Totenschädel, der da unter der weit geschnittenen weißen Kapuze zum Vorschein kam. Panisch verbarg sich Arnold hinter der Gardine und wusste im ersten Augenblick nicht, was er tun sollte. Aber dann fiel ihm ein, dass seine Großmutter einst von einer weißen Frau gesprochen hatte. Sie sollte sich immer mal wieder zeigen und soll auf der Jagd nach allem sein, was lebte. Denn jedes Mal, wenn sie sich gezeigt hatte, starb kurze Zeit später jemand auf dem Schloss. Arnold wusste, dass das jetzt eigentlich nicht mehr sein konnte, denn er lebte ja ganz allein hier, und ob diese sagenumwobene weiße Frau ausgerechnet an ihm Interesse hatte, bezweifelte er sehr. Er hatte sich schließlich nichts vorzuwerfen und war ein ehrlicher Mensch. Als er sich ein Herz fasste und noch einmal nach unten schaute, war da niemand mehr. Keine weiße Frau, kein Spuk, nichts. Vielleicht hatte er sich ja nur geirrt oder es war doch jemand anderes, jemand, der hier nur wanderte und längst verschwunden war? Das Knistern jedoch war noch zu hören und auf einmal vernahm er Schritte. Gemächlich und ruhig schien jemand über den hölzernen Flur vor der Tür zu schreiten. War das vielleicht jene weiße Frau? Arnold rannte zur Tür und verriegelte sie mit zitternden Händen.

Als er durch das Schlüsselloch schaute, sah er, wie ein Schatten vor der Tür vorüberglitt. Erschrocken presste er sich an die Mauer neben der Tür, und der Wind riss das Fenster erneut auf und fuhr wie ein Dämon durch den großen Raum. Arnold hockte zitternd hinter der Tür und konnte sich nicht erklären, was hier vor sich ging. Es wurde kälter und kälter und dann raunte eine drohende Stimme:

Heute Nacht wird es geschehen
Werd das Schloss dann mit mir nehmen
Nichts bleibt mehr, wie es mal war
Denn die Stunde ist jetzt da
Rache werd ich heute nehmen

Arnold konnte nicht einmal um Hilfe schreien, so schockiert war er. Doch wer sollte ihm auch helfen, selbst, wenn er hätte rufen können? Es half nichts, er musste sich seinem ungewissen Schicksal ergeben. Aber wie hatte das diese seltsame Stimme nur gemeint, wofür wollte der vermeintliche Geist Rache nehmen? Er ahnte, dass es ein Geheimnis geben musste, ein Geheimnis aus grauer Vorzeit. Vielleicht hing das mit dem Schatz im Keller zusammen? Aber sollte er wirklich in die alten Katakomben herabsteigen, um nachzusehen, ob da etwas war? Er wusste, dass er den Dingen nur auf die Spur kommen konnte, wenn er genau dies tat. Doch zuvor musste er sich beruhigen und abwarten, was da noch geschah. Angst brachte ihn weder weiter noch ans

Ziel. Und so wartete er eben ab. Nach einer gefühlten Stunde wagte er sich schließlich aus dem Zimmer. Draußen auf dem Flur schien alles ruhig zu sein. Mit der Taschenlampe und einem Messer bewaffnet schlich er sich über den langen Flur zur Steintreppe, die in den Keller führte. Noch immer war es eiskalt und überdies stockdunkel. Weil er sparen wollte, und auch musste, hatte er sämtliche Glühbirnen entfernt, die in den nicht bewohnten Räumen eingeschraubt waren. Nur der Wind nutzte die zahlreichen leer stehenden Räume, um dort die alten Fensterläden unheilvoll klappern zu lassen.

Die steinerne Wendeltreppe, welche in den Keller führte, endete vor einer alten hölzernen Tür. Sie war verschlossen und Arnold zog einen schroffen vermoderten Backstein aus der Mauer, hinter welchem sich der schmiedeeiserne Schlüssel verbarg. Das Schloss ließ sich nur schwer öffnen, denn schon lange hatte sich Arnold nicht mehr in diesen Keller gewagt. Aber dann sprang das Schloss auf und Arnold stand in dem stockdunklen Kellergelass.

Hier unten hörte sich der draußen tobende Sturm noch gespenstischer an. Wie ein tobender Unhold pfiff er um die Ecken und durch die Ritzen und Arnold befürchtete, dass jeden Augenblick der Geist der weißen Frau hinter ihm stünde. Doch dem war nicht so und so konnte er sich bis zum steinernen Sarkophag schleichen, worin er die Unterlagen und den Schatz verborgen hatte. Der Steinsarkophag hatte ein recht modernes

Innenleben, denn er wurde von einem elektronischen Zahlencode geschützt. Arnold gab den Zifferncode ein und alsbald schob sich der Deckel ächzend zur Seite. Gleichzeitig schaltete sich ein kleines Licht ein, damit man die Dinge auch sehen konnte, welche sich dort befanden. Neben dem golden funkelnden Geschmeide und den kostbaren Perlenketten lag ein Aktenordner, in welchem sich die uralten Pergamente befanden. Arnold wollte nur sie und nahm sie schnell an sich. Dann verschloss er den Sarkophag wieder und pirschte sich zur Wendeltreppe zurück. Vorsichtig verschloss er die Holztür hinter sich und stieg auf leisen Sohlen nach oben. Doch weit kam er nicht, denn als er oben angelangt war, sah er sie schon, die weiße Frau. Sie musste irgendwie ins Schloss gelangt sein und schwebte bedrohlich vor der Tür des Raumes, aus welchem er gekommen war. Nein, es hatte keinen Sinn, weiterzugehen, wer wusste schon, was dieser Geist von ihm wollte. So schlich er in den Keller zurück und schloss die Holztür gut hinter sich ab. Hüstelnd setzte er sich auf den Deckel des Sarkophags und nahm sich den Aktenordner vor. Die zerschlissenen vergilbten Pergamente waren stark beschädigt und kaum zu entziffern. Dennoch gelang es ihm, einige Sätze zu lesen. Es stellte sich heraus, dass das Pestvirus, an welchem die Dorfbewohner einst starben, mutwillig vom damaligen Schlossbesitzer, Arnolds Urahn, Lord Bert von Rattenstein, in das Dorf gebracht wurde. Der gierige böse Lord ließ die Leute sterben und nahm ihnen alles ab. Eine alte Frau allerdings überlebte die Seuche und tauchte eines Nachts im Schlosse auf. Sie soll dem Lord gedroht haben, dass sie so lange wiederkehren würde, bis die schwere Schuld beglichen sei. Fortan starben die Bewohner des Herrschersitzes an den merkwürdigsten Krankheiten. Der Spuk dauerte mehrere Generationen an und ließ bis auf die Nachfahren des Lords, die mit dem Fluch nichts mehr zu tun hatten, keinen übrig.

Arnold klappte den Ordner zu und schaute sich um. So war das also, dachte er sich und hatte doch mehr Fragen, als zuvor. Woher kam diese sonderbare weiße Frau und was wollte sie hier? Wer war sie überhaupt und was bedeuteten die bedrohlichen Worte, welche Rache ankündigten? War das vielleicht wieder diese alte Frau, die einst die Pest überlebt hatte? Oder war sie doch ein völlig anderer Geist? Plötzlich musste er grinsen – was, wenn er sich das alles nur eingebildet hatte? Spielten ihm seine lebhafte Fantasie und die ewige Einsamkeit einen solch üblen Streich? Als er so hoffnungslos herumsaß, kam ihm eine Idee! Noch einmal öffnete er den Sarkophag und entnahm sämtlich Schmuckstücke. Schnell verbarg er sie in einem Sack und band ihn zu. Den Sarkophag ließ er geöffnet zurück, als er den Kellerraum verließ. Leise schlich er die Treppe bis zum Tor, welches sich auf halber Höhe befand und aus dem Schloss führte. Dort stellte er den Sack ab und verließ das Schloss mit eiligem Schritt. Zwischen dichten Sträuchern hatte er seinen Wagen versteckt, und als er sich hineinsetzte, schaute er sich noch einmal um. Das Schloss lag in der Dunkelheit als sei gar nichts geschehen. Auch die vermeintliche weiße Frau schien ihm nicht gefolgt zu sein. Nur der abflauende Wind bewegte noch die Wipfel der Bäume hin und her und auf und ab. Das Rauschen der Äste konnte ihn nun nicht mehr aufhalten, obwohl er sich noch immer fürchtete. Er hatte sich vorgenommen, seine Flucht aus dem Schloss ein wenig vorzuziehen, sofort zu seiner Tochter zu fahren, denn im Schloss wollte er keine Stunde länger mehr bleiben. Den Schatz wollte er nicht, und auch sonst hatte er nur noch einen einzigen Gedanken: fort von diesem verfluchten Ort! Flugs startete er den Wagen und verließ schnellstens den Wald und die Gegend und die furchtbare Vergangenheit.

Als er Tage später mit seiner Tochter Isabel noch einmal zurück zum Schlosse fuhr, um die restliche Kleidung zu holen, irrten sie lange im Wald umher. Doch an der Stelle, wo sich das Schloss befunden hatte, war da nichts mehr. Selbst das alte Dorf war verschwunden. Nichts zeugte mehr von alledem und Arnold konnte nur ahnen, was sich ereignet hatte. So merkwürdig das auch sein mochte, aber vermutlich hatte die weiße Frau nicht nur den Schatz geholt, sondern auch das Schloss und das verfallene Dorf. War das vielleicht ihre eigentliche Rache?

Als sich die beiden wenig später in einer etwas entfernteren Gemeinde nach dem Schloss und dem verfallenen Dorf erkundigten, erzählte ihnen eine sonderbare alte Frau, dass es seit vielen Jahren kein Schloss mehr gab und das alte Dorf schon vor hundert Jahren niedergebrannt sei. Die beiden konnten nicht fassen, was hier vor sich ging, fuhren eiligst davon, und unterwegs hatte Arnold den Eindruck, eine weiße Gestalt sei am Waldesrand umhergeflogen. Und wenig später vernahmen die beiden neben dem schrillen Kichern einer alten Frau die düsteren Worte, die sie wohl niemals mehr vergessen würden:

Fort ist alle Rache, fort
Ziehe nun von diesem Ort
Mir gehört jetzt Schmuck und Schloss
Auch das Dorf mit Mann und Ross
Ich bin Bert, der alte Lord

Das Böse des Waldes

Heimfahrt

Lisa war auf dem Weg von einer kleinen Geburtstagsparty, die ihre Freundin gegeben hatte, zu sich nach Hause. Es regnete und der Wind frischte ein wenig auf, doch das allerschlimmste war, dass sie durch ein dichtes Waldstück fahren musste. Es dämmerte bereits, als sie bei „Drivers Run" in den düsteren Wald einbog. Die Straße glänzte im Scheinwerferlicht, denn sie war nass und spiegelte das Licht ganz merkwürdig zurück. Weil Lisa ein wenig sonderbar wurde, legte sie sich eine CD ins Autoradio und lauschte dem leisen Blues. Plötzlich jedoch mischte sich ein anderes Geräusch, welches sich wie das Stöhnen eines alten Mannes anhörte, in die Musik. Zunächst glaubte Lisa, es sei ein Instrument, welches ja bei Blues nicht unmöglich sein mochte. Doch als es immer wieder ertönte, schaltete sie das Radio aus. Und wirklich, es war vielleicht ein sonderbarer Windhauch oder doch nur der Regen. Jedenfalls breitete sich ein monotones Stöhnen über dem Wald und der Straße aus.

Lisa bekam eine Gänsehaut, was konnte das nur sein? Nervös schaute sie in den Rückspiegel, doch da war nichts. Die Straße lag schwarz glänzend hinter ihr wie das Trauerband auf einem Kranz. Irgendwie war es der jungen Mittdreißigerin gar nicht mehr so gleichgültig wie eben noch. Doch sollte sie ausgerechnet hier anhalten? Sollte sie in einer völlig unbekannten Gegend, die nicht einmal den allerbesten Ruf bei den Leuten hatte, einfach so den Wagen stoppen? Sie tat es, wollte der Sache auf den Grund gehen. Und so fuhr sie in einer kleinen Schneise von der Straße ab und hielt an. Jetzt hörte sie es ganz genau, dieses gruselige Geräusch, als wenn jemand vor Schmerzen stöhnte. „Haaa", es wollte einfach nicht mehr enden. Lisa spürte ein leichtes Zittern, und als sie in den dunklen Wald hineinschaute, glaubte sie, rote Lichtblitze zwischen den Bäumen zu erkennen. Jetzt bekam sie Angst, sprang schnurstracks in ihren Wagen und startete den Motor. Mit quietschenden Reifen raste sie los und glaubte sich schon in Sicherheit. Aber da beugten sich urplötzlich die Wipfel der Bäume zur Straße herab und versperrten ihr den Weg. Sie bremste scharf und verriss das Steuer. Der Wagen gehorchte ihr nicht mehr und kam von der Fahrbahn ab. Zwischen Sträuchern und Büschen kam er schließlich zum Stehen und bewegte sich nicht. Lisa starrte auf die dicht stehenden Bäume um sich herum und fürchtete sich sehr. Das Stöhnen war nun so deutlich, dass sie glaubte, jemand wäre neben ihr. Und warum hatten sich die Wipfel eigentlich so plötzlich auf die Straße gebeugt? Panisch verriegelte sie die Wagentüren und rutschte ängstlich unters Armaturenbrett. Immer wieder hörte sie es, dieses „Haaa", welches so unheimlich war, wie diese gesamte unbegreifliche Situation. Wollte sie nicht längst daheim sein? Mit zitternden Händen kramte sie ihr Mobiltelefon aus ihrer Handtasche und wollte ihre Freundin anrufen. Doch als sie aufs Display schaute, bemerkte sie, dass sie gar kein Funknetz hatte. Natürlich war ihr klar, dass es hier in diesem Wald nur selten ein Funknetz gab, aber was sollte sie nur tun? Plötzlich beugten sich die Wipfel der umstehenden Bäume noch weiter herab und der Wagen mit der darin befindlichen jungen Frau löste sich einfach in Luft auf. Als er verschwunden war, ertönte noch einmal dieses mysteriöse, unheilvolle Stöhnen: Haaa. Dann wurde es still und die Bäume standen so, wie sie immer standen. Nur ein leichter Wind verfing sich in den Ästen und der Regen tropfte auf die einsame Waldstraße, als wenn er die Spuren der letzten untrüglichen Minuten verwischen wollte.

Das Böse des Waldes

Klassenfahrt

Als der letzte Schüler der Gymnasialklasse in den Zug eingestiegen war, schloss der Schaffner die Tür und blies inbrünstig in die Pfeife, um dem Zug das Abfahrtsignal zu geben. Langsam setzte sich die Lok mit ihren zwei Waggons in Bewegung, und die Schüler saßen müde an den Fenstern und waren schon zu kaputt, um sich noch endlos lange zu unterhalten. Einige schliefen bereits, als der Zug in ein dichtes Waldstück bog. Er fuhr sehr langsam und der Zugbegleiter trottete gelangweilt durch den Wagen, um die Fahrkarten zu kontrollieren.

Es musste auf der Höhe von „Drivers Run" gewesen sein, als der Zug plötzlich hielt. „Merkwürdig", zischte der Zugbegleiter, „Hier haben wir sonst nie angehalten!"

Ungläubig schauten die Schüler aus den Fenstern, doch sie konnten nichts Genaues erkennen. Da sprang der Lokführer von seiner Diesellokomotive und rief: „Ein Baum liegt auf dem Gleis! Wenn ihr mal helfen könntet!"

Die Schüler, die auf einmal gar nicht mehr so müde waren, fanden das alles sehr aufregend und spannend und sprangen aus dem Waggon, um zusammen mit dem Lokführer und dem Zugbegleiter den schweren Stamm beiseite zu rollen. Es gelang und schon waren alle wieder im Zug, um endlich weiterzufahren. Doch nichts passierte, dafür aber erklang ein unheilvolles Geräusch. Es hörte sich an wie ein lautes Stöhnen, dass sich wie ein unsichtbarer Wurm durch den umliegenden Wald und über die Baumwipfel schob, bis es schließlich wie ein böser Geist durch den gesamten Zug kroch.

Das Licht in den Waggons begann zu flackern und der Zugbegleiter konnte sich auch nicht erklären, was da vor sich ging. Draußen war es stockdunkel geworden und nur das immer lauter werdende Stöhnen konnte man noch hören. Die Schüler, die eben noch glaubten, alles wäre in Ordnung, gerieten in große Angst. Plötzlich bogen sich die Wipfel der am Bahndamm stehenden Bäume zum Zug herab und hüllten ihn vollständig ein. Es dauerte keine fünf Sekunden, da hatte sich der gesamte Zug in Luft aufgelöst und es wurde wieder still. Nur der Wind verfing sich im Geäst der Bäume als sei gar nichts geschehen. Diesmal allerdings schien etwas anders, denn niemand hatte bemerkt, dass Jimmy, ein Schüler aus dem eben noch vorhandenen Zug, fehlte. Er hatte sich im Wald umgeschaut, wollte wissen, woher das seltsame Stöhnen gekommen war und fand sich in der Dunkelheit nicht mehr zurecht. Als er am Bahndamm stand, verstand er die Welt nicht mehr. Sein Zug war weg, aber wie war das nur möglich? Eben noch war er doch noch da und so schnell fuhr die Bahn ja nun auch nicht. Nachdenklich und fröstelnd setzte er sich auf das Gleis und starrte in die Dunkelheit. Was sollte er nur tun, vielleicht nach Hause laufen? Aber er

wusste ja gar nicht, wie weit das noch war. So
fand er, dass er sich im Wald umsehen könnte,
um im dichten Buschwerk die Nacht abzuwarten. Es hatte ohnehin keinen Zweck, in der Dunkelheit umherzuirren. Glücklicherweise hatte er
seinen Rucksack auf dem Rücken. Darin befanden sich noch ein paar belegte Brote und eine
Flasche Mineralwasser. Damit würde er schon
irgendwie auskommen und so lief er los. Es war
schon beschwerlich, sich den Weg durchs Gestrüpp zu bahnen, aber dann glaubte er, einen
schwachen Lichtschein zu sehen. Doch nein, es
waren rote Lichtblitze, die ganz schwach durchs
Geäst flackerten. „Da muss jemand sein!", dachte
er sich und lief geradewegs darauf zu.
Als er einen dichten Busch auseinanderdrückte,
sah er es, dieses winzige alte Holzhaus, aus dessen kleinen Fensterchen rotes flackerndes Licht
wie der Schein einer Laterne herausfiel. Erleichtert lief der Junge bis vor die Tür und hielt dann
doch inne. Irgendwie schien ihm das Ganze nicht
geheuer zu sein, und so lief er erst mal ganz vorsichtig um das Häuschen herum. An einem der
kleinen Fenster blieb er stehen und schaute neugierig ins Innere. In dem kleinen Raum befand
sich nicht viel; nur ein paar alte Möbel, eine Tru-
he und ein alter Lehnsessel, in dem tatsächlich
jemand saß. Es war ein alter Mann, der wohl ein
wenig schlief, denn er hatte seine Augen geschlossen. Doch gerade als Jimmy an das Fenster
pochen wollte, um sich bemerkbar zu machen,
öffnete der Alte seine Augen. Jimmy erschrak

fürchterlich, denn es waren keine menschlichen Augen, die da in seine Richtung schauten! Es waren zwei stechende rote Lichter, die in Jimmys Richtung starrten und dabei flackerten wie ein Warnlicht! Der aufgeregte Junge versteckte sich schnell unterhalb des Fensters und glaubte schon, der Alte hätte ihn längst bemerkt. Doch dem schien nicht so zu sein, denn es kam niemand. Dafür drang wieder dieses sonderbare Stöhnen an Jimmys Ohren. Er fürchtete sich wirklich sehr, und er wusste auch nicht so genau, was er tun sollte. Allerdings musste er schnellstens sehen, dass er unbemerkt von hier verschwand. Da knarrte die hölzerne Tür und der Alte erschien. Hatte er Jimmy doch bemerkt, dann wäre wohl alles verloren! Der Alte aber schritt geradewegs auf einen dicken Baum zu und sprach: „Öffne dich und gib mir das, was du heut gefangen hast!"

Augenblicklich öffnete sich die Erde und gab den Blick auf etwas frei, dass Jimmy nicht glauben konnte. Es war ein Kanalsystem, welches offenbar alle Bäume des Waldes miteinander zu verbinden schien. Lange rote und blaue Fasern verbanden die Wurzeln der Bäume und es war, als wenn durch all diese Fasern und Leitungen irgendeine Flüssigkeit strömte. Wie konnte so etwas nur sein? Sollte am Ende gar der gesamte Wald unterirdisch mit diesen Fasern und Leitungen verbunden sein? War am Ende der gesamte Wald nur ein künstlich angelegtes Areal? Jimmy spürte, wie sein Herz bis zum Halse pochte. Er zitterte vor Angst und glaubte sich schon in der tiefsten Hölle. Doch da verschwand der Alte in der Erde, die sich hinter ihm langsam wieder zusammenschob. Erleichtert atmete Jimmy auf, doch wie sollte er unerkannt von diesem unheiligen Ort verschwinden? Neben der Holzhütte entdeckte er ein Motorrad. Das musste dem Alten gehören, und weil er bereits Motorrad fahren konnte, schlich er sich dorthin und schwang sich darauf. Er wusste, wie man eine solche Maschine kurz schloss und das tat er auch. Augenblicklich heulte der Motor auf und sogleich öffnete sich auch die Erde und der Alte stürmte wutschnaubend heraus. Zischend und schreiend rannte er auf Jimmy zu, doch der war schneller. Er gab der Maschine die Sporen und raste auf den kleinen Waldweg vor der Hütte. Der Alte schien allerdings auch ziemlich schnell zu sein und jagte wie ein Wirbelwind dem Motorrad hinterher. Jimmy schaffte es, den Alten abzuschütteln und auch das merkwürdige Stöhnen hielt ihn nicht mehr auf. Dafür senkten sich die Wipfel der Bäume auf den Waldweg herab und Jimmy glaubte sich bereits verloren. Aber er schaffte es, aus dem Wald zu entkommen, noch bevor die Baumkronen den Waldweg versperrten. Schließlich gelangte er auf eine Asphaltstraße, die irgendwann an einem Motel vorüberführte. Dort hielt er an und schaute sich ängstlich um. Von dem Alten und dem sonderbaren Wald war nichts mehr zu sehen und zu hören.

In der kleinen Gastwirtschaft allerdings wunderte man sich über den aufgeregten Jungen und gab ihm erst einmal ein Nachtlager und eine Kleinigkeit zu essen. Jimmy war hundemüde und legte sich alsbald ins Bett, wo er sofort einschlief.

Irgendwann rüttelte ihn jemand ziemlich heftig an der Schulter, und als er seine Augen öffnete, starrte er ungläubig in das liebevolle Gesicht einer recht vertrauten Person. Es war seine Mutter, die neben seinem Bett stand und ziemlich besorgt zu sein schien. Jimmy stotterte nur herum: „Was ist passiert? Warum bist du hier, in diesem Motel?" Die Mutter schien die merkwürdige Frage nicht zu verstehen. „Welches Motel? Du bist daheim in deinem gemütlichen, warmen Bettchen. Wie geht es dir, mein Schatz?" Jimmy verstand gar nichts mehr und Stück für Stück kehrten seine vermeintlichen Erinnerungen zurück. Diese Klassenfahrt, der bedrohlich düstere Wald, das Stöhnen, dieser sonderbare Alte, es war doch alles so unglaublich real. Doch seine Mutter beruhigte ihn und meinte, dass die Klassenfahrt erst bevorstand. Sicher hatte ihr aufgeweckter Sohn alles nur geträumt.

Einige Zeit später ging es ihm schon erheblich besser und er saß am Frühstückstisch und schaute neugierig aus dem offenen Küchenfenster. Die Sonne stand schon hoch am Himmel und es versprach ein schöner Sommertag zu werden. Gleich würde er in die Schule gehen, da tönte eine sonderbare Meldung aus dem Radio: „Seit drei Tagen wird eine junge Frau mit Namen Lisa M. vermisst. Sie war mit ihrem Wagen in einem entfernten Waldstück unterwegs, bevor sich ihre Spur verlor. Außerdem brach der Kontakt zu einer Schulklasse abrupt ab, die ebenfalls in diesem Wald unterwegs gewesen war."

Wie versteinert saß Jimmy am Tisch und starrte erschrocken aus dem Fenster.

Plötzlich war alles wieder ganz nah und doch glaubte er, dass er alles nur geträumt hatte. Wie konnte so etwas nur möglich sein? Eine Antwort gab es nicht. Nur kam plötzlich aus dem nahen Wäldchen am Haus solch ein merkwürdiges Geräusch. Und es hörte sich an, als wenn die Bäume stöhnten und sich ihre Wipfel über dem Haus merkwürdig knisternd zu beugen begannen ...

Die böse Frau

Susan wollte sich ein neues Haus kaufen. Und obwohl sie ein schöneres und größeres Haus als der Bankdirektor der Stadt besaß, reichte ihr dieses alte Haus nicht mehr aus. Sie war macht- und geldgierig und als Anwältin sehr gefürchtet. Schon so manchen berüchtigten Verbrecher hatte sie mit Intrigen und üblen Tricks aus dem Knast geboxt, der dann seinerseits nichts anderes zu tun hatte, als neue Straftaten zu verüben. So war sie über die vielen Jahre zu einem beträchtlichen Vermögen gekommen. Doch sie wollte immer mehr. Neuerdings ging sie sogar über Leichen. Und als ihre Eltern bettlägerig wurden, ließ sie nicht etwa eine Haushaltshilfe kommen, die sich um das alte Ehepaar hätte kümmern können. Nein, sie verfrachtete ihre Eltern eiskalt in ein mieses Pflegeheim, wo sie qualvoll dahinvegetieren mussten. Nicht einen müden Cent gab Susan für die beiden aus, denen sie einst als Kind doch so viel zu verdanken hatte. In einem renommierten Immobilienblatt fand sie schließlich, was sie suchte. Ein riesiges Haus, welches auf einem Hügel stand und von wunderschönen Blumenwiesen umgeben wurde. Die Bauweise dieses Gebäudes fand sie so wundervoll, dass sie das Haus sofort kaufte und schnellstens dort einzog. Allerdings war ihre Gier nach noch mehr Reichtum und noch größerer Macht damit nicht beendet. Nein, sie verklagte sogar schon Kinder, wenn die nur etwas im Supermarkt gestohlen hatten. In der Stadt sprach man bereits von der teuflischen Susan. Aber das störte sie nicht. Im Gegenteil, lächelnd ließ sie sich in einem Boulevardblättchen abbilden und fühlte sich stark dabei. Eines Abends, als sie im Wintergarten ihres neuen Luxusanwesens über neue Boshaftigkeiten nachdachte, hörte sie plötzlich ein Geräusch. Das musste von draußen kommen. Ärgerlich erhob sie sich aus ihrem weichen Sessel und schaute durch die Glasscheiben in den Garten hinaus. Aber da war keiner. Da der Wintergarten über einen separaten Ausgang zum Garten verfügte, ging sie hinaus. Draußen wehte ein heftiger Wind. Möglicherweise hatte der irgendetwas bewegt und das Klappern dabei verursacht. Gerade wollte sie wieder ins Haus zurück, als sie das Geräusch erneut vernahm. Sie drehte sich um und starrte entsetzt in das Gesicht eines alten Mannes. Erschrocken wich sie einen Schritt zurück. Der Alte war mit einem langen schwarzen Mantel gekleidet und sah irgendwie aus wie ein Priester. „Was wollen Sie von mir!", rief Susan laut. Doch der Alte reagierte nicht. In höchster Aufregung schrie sie: „Wenn Sie Geld wollen, dann hole ich Ihnen welches, wie viel brauchen Sie?" Doch der alte Mann zeigte keinerlei Regung. Susan schlich zur Tür und wollte ins Haus zurück, da fühlte sie ein unerträgliches Drücken in der Magengegend. Ihr wurde schlecht und zum ersten Male empfand sie etwas, das sie bis dahin nicht kannte, Angst! Wie gelähmt verharrte sie in der Tür und konnte einfach nicht ins Haus gehen. Sie wusste nicht, woran das lag, stand wie festgeklebt in der Tür und starrte zu dem Alten auf der Wiese. Plötzlich begann der Alte zu sprechen und seine monotone Stimme hörte sich an wie das Gemurmel des Teufels. „Ich bin Pater Joseph. Du kannst nicht mehr entfliehen. Denn Du wirst bald Deine gerechte Strafe bekommen. Wegrennen bringt nichts mehr. Deine Gier wird Dich töten."

Bei diesen letzten Worten löste er sich einfach in Luft auf und verschwand. Susan starrte auf die leere Wiese und zitterte am ganzen Leibe. Sollte sie die Polizei rufen? Aber das hatte keinen Sinn, denn es war ja keiner mehr da. Lange stand sie noch in der Tür und konnte sich einfach nicht bewegen. Erst nachdem es zu regnen begann, kam sie wieder zu sich. Sie sprang ins Haus und knallte die Tür hinter sich zu. Dann verriegelte sie alle Türen im Haus und ließ sämtliche Jalousien herunter. Ängstlich verzog sie sich in ihr Schlafzimmer, welches sich in einem Türmchen am Haus befand. Dort fühlte sie sich halbwegs sicher. Dorthin würde ihr der Alte ganz sicher nicht folgen können. Die ganze Nacht brachte sie kein Auge zu. Ständig glaubte sie, Geräusche zu hören und sah schon den alten Mann mit einem Messer vor ihrem Bett drohen.

Doch es blieb ruhig. Der Alte kehrte nicht mehr zurück. Wer allerdings nun annimmt, Susan wäre von diesem Erlebnis eingeschüchtert worden, der irrt gewaltig. Denn es wurde immer noch schlimmer mit ihr. Sie hetzte Gerichtsvollzieher auf Mütter, die einfach das Geld nicht hatten, um einen Kredit abzustottern und beschuldigte ältere Leute, dass sie überhaupt auf der Welt waren. Sie kannte einfach keine Grenze mehr und schäumte regelrecht über vor Hass. Natürlich mied sie jeder in der Stadt und wo sie auch erschien, leerte sich bald der Raum. Keiner wollte mehr etwas mit ihr zu tun haben. Denn jeder hatte Angst, er wäre der nächste, den sie sich aufs Korn nehmen würde. Die Tage vergingen und Susans Schicksal schien sich zu wenden. Sie hatte plötzlich kaum noch Erfolg vor Gericht und das Geld wurde immer knapper. Und auch im Haus funktionierte nichts mehr. Immer wieder fiel der Strom aus, weil eine Lichtleitung defekt war. Dann streikte der Herd in der Küche und schließlich funktionierte die Heizung nicht mehr. Susan wusste nicht, woran das liegen konnte. Schließlich gab sie doch alles, was ihr möglich war.

Sie wurde immer bösartiger und brauchte immer höhere Geldsummen, um so richtig zufrieden zu sein. Trotzdem blieb der Erfolg schon bald gänzlich auf der Strecke und sie wurde krank. Und als ob das noch nicht alles gewesen sei, erschien wieder der rätselhafte Alte und sprach: „Nun siehst Du, wie Dein böses Dasein langsam zerbricht. Du wirst noch an mich denken."

Der Alte verschwand und Susan kochte vor Wut. Wie konnte er es sich erdreisten und noch einmal zu ihr kommen. Stöhnend stieg sie aus ihrem

Bett und verfluchte den Alten. Dabei verzog sie ihr Gesicht zu einer furchtbaren Grimasse. Und eine Flamme schlug aus dem Erdinneren plötzlich hervor. Susan glaubte fest daran, dass dies nur der Teufel sein konnte und sie lachte laut und schrill. Und sie stand an dem Feuer und beschwor es. Doch nicht einmal im Traume konnte sie ahnen, dass dieses Feuer keineswegs vom Teufel gesandt wurde. In Windeseile verbreitete sich das Feuer im ganzen Haus, erfasste die Gardinen, die kostbaren Teppiche, die sündhaft teuren Stilmöbel. Alles ging in Flammen auf und schon bald loderten die Flammen meterhoch in den schwarzen Nachthimmel hinein. Susan schrie aus Leibeskräften, doch niemand hörte sie. Und diejenigen, die sie hörten, hielten sich die Ohren zu. Nun wusste sie, was es hieß, keine Freunde zu haben und nur böse zu anderen Menschen zu sein. Doch es nutzte ihr nichts mehr. Inmitten der Feuersbrunst fiel zu Boden und die Flammen fraßen sie gierig auf. Gegen Mitternacht war von dem wunderschönen großen Anwesen nur noch ein Häufchen Asche übrig, welches vom Wind in alle Himmelsrichtungen verweht wurde. Am nächsten Morgen standen dutzende Feuerwehren auf der verbrannten Wiese. Doch sie hatten nichts mehr zu löschen. Vor ihnen breiteten sich nur noch die verkohlten Überreste des einstmals so stolzen Hauses aus. Die Polizei erschien, doch es konnte auch keine Brandstiftung festgestellt werden. Nur ein alter Mann lief schweigend an den verbrannten Resten vorbei. Ein Jahr später war von der einstigen Katastrophe nichts mehr zu sehen. Die Wiese war neu angelegt und ein neues Haus erstrahlte hell im Licht der Sonne. Ein junges Ehepaar interessierte sich für das Anwesen und wollte sich über die Gegend erkundigen, bevor es einzog. Der Immobilienmakler meinte: „Sie werden glücklich sein auf diesem wunderschönen Fleckchen Erde, denn an dieser Stelle hat vor zweihundert Jahren eine kleine Kirche gestanden. In dieser Kirche hielt ein damals sehr beliebter Pater die Gottesdienste ab, Pater Joseph Christophorus. Den guten Menschen wird es dort immer gut gehen, sie sind von Gott gesegnet. Doch die Bösen werden keine Freude an diesem Orte haben."

Das Pärchen entschloss sich, einzuziehen. Sie waren gute Menschen und schon bald bekamen sie Nachwuchs, einen Sohn. Und als er getauft werden sollte, erschien ein alter Priester und taufte das Kind. Er unterschrieb die Taufurkunde mit seinem Namen: Pater Joseph Christophorus.

DAS BÖSE

DAS BÖSE